KB152999

다시라기 / 광대가

허규 극본집 2

다시라기 / 광대가

허규 극본집 2

평민사

공연예술신서 · 78

다시라기 / 광대가

허규 극본집 2

초판 1쇄 인쇄일   2020년 4월 6일
초판 1쇄 발행일   2020년 4월 10일

지 은 이   허규
만 든 이   이정옥
만 든 곳   평민사
　　　　　 서울시 은평구 수색로 340 [202]
　　　　　 전화: (02)375-8571(代)
　　　　　 팩스: (02)375-8573

　　　　　 평민사(이메일) 모든 자료를 한눈에 −
　　　　　 http://blog.naver.com/pyung1976

등록번호   제25100-2015-000102호

 ISBN   978-89-7115-718-3   03800

 정 가   8,000원

차례

1998년 초판 머리말

극본집을 내며

지난 해 가을 한국종합예술학교 연극원에서 '傳統演劇의 舞臺的收容' 과목을 학생들에게 강의한 적이 있다. 그때 강의는 이론 대신 워크숍 스타일로 진행을 하였고, 학생들에게 민예극단에서 공연했던 「물도리동」(77년작), 「다시라기」(79년작)를 읽히고 당시 녹음해 두었던 테이프도 들려주었다. 그런데 강의를 받던 학생들은 '70년대에 그런 실험이 있었던가?' 하며 생소하다는 반응을 하는 것이었다. 나로서는 무척 길게 느껴지지만 짧다면 짧은 20여 년이 지난 지금, 그동안 후학들에게 이러한 작품들과 그 '실험적 시도'가 전혀 알려지지 않았었다는 아쉬운 마음에, 1970년대에 이러한 작업이 있었다는 것을 알리고 싶다는 간절한 생각을 하게 되었다. 그러던 차에 때마침 주위에서 작품집 출판을 권유해 왔다. 이에 용기를 얻어 작품집을 출간할 수 있게 되었다.

작품집 제목은 여러 고민 끝에 『許圭 演劇劇本集』이라고 했다. 물론 이 작품집은, 분명 다른 희곡작가들처럼 문학적으로 썩 우수한 글들의 출판이 아니라, 제목에서 보듯이 극본집이라 했던 만큼 '우리의 전통 및 연극 유산들을 현대적 연극으로 만들기 위한 연출 작업의 일환'으로 썼던 작품들을 모은 것에 불과하다. 77년도의 「물도리동」, 78년도의 「바다와 아침 등불」, 79년도의 「다시라기」, 같은 해의 창극 〈광대가〉, 86년도의 〈용마골 장사〉, 90년도의 「애오라지」 등등의 창작활동 외에 그 이후로도 창극 〈춘향가〉, 〈심청가〉, 〈윤봉길〉, 〈홍범도〉, 〈이춘풍〉, 〈흥보가〉 등 창극 10여 편을 각색하는 작업도 하였는데, 이 역시 우리의 전통 연희를 어떻게 현대적

으로 조화시키느냐 하는 작업의 일환이었다. 실제로 극작이 아닌 연출을 하던 나로서는 이 모든 것이 우리 전통연희를 몸에 익힌 극단 민예극장 단원들과 국립 창극단 단원들의 도움이 아니었다면 애초에 불가능한 작업이었다.

나와 작품들과의 관계를 나름대로 깊다. 첫 창작 작품인 「물도리동」은, 극단 민예극장이 무척 가난하였던 시절 사무실은커녕 심지어 공연 장비나 의상을 보관할 장소가 없어 남의 주차장을 세내어 사용하였던 환경에서 썼던 극본이었는데, 제1회 대한민국 연극제에서 대통령상을 수상하였다. 「바다와 아침 등불」은 거제도를 무대로 한 작품이다. 경상도 사투리를 구사할 줄 몰랐던 내가 고인이 되신 장모님(거제 출생)께 검증을 받아 가며 어렵사리 써내었던 작품이어서 감회가 깊다. 「다시라기」는 그해 대한민국연극제에서 연출상을 받은 작품으로, 79년 10월 25일 개막했는데 바로 그 다음날인 10월 26일 박 대통령 시해 사건이 생겨 계엄령 선포로 공연을 중지해야 했던 사연이 담긴 작품이다. 그 당시 여기저기서 힘들게 빌린 돈으로 막을 올리게 되었다가 공연 중단으로 공연 수입이 전무해져 난감한 입장에 처해지기도 하였다. 그 해 11월에 간신히 공연이 재개되었지만, 다음 해 5월 국립극장 소극장에서 재공연 때는 마침 5·18사건이 발발, 관객 없는 텅 빈 극장에서 공연을 하기도 하였으니 그야말로 국가 운명과 함께한 기막힌 인연의 작품이라 하지 않을 수 없다. 「다시라기」는 그 후 아쉽게도 재공연이 이루어지지 않았다.

졸작 극본집을 출판하면서 지난 시절을 돌이켜 생각하게 되니 마음 한 구석에 감회가 새롭기도 하지만 한편 이 극본집이 과연 어느 정도 우리 연

극 만들기에 도움이 될지, 아니면 나의 약점만 드러내는 것이 아닌지, 책방 한쪽에 멋쩍게 꽂혀진 채 우스운 꼴이나 되지 않을지 걱정도 된다.

　여하간에 출판 지원을 해준 문예진흥원과 어려운 여건에도 선뜻 출판을 맡아 주신 평민사에 감사를 드리고, 특히 내가 병원에 입원해 있을 당시 玉稿를 써주신 유민영, 서연호 교수께도 감사드린다. 끝으로 이 극본들을 쓸 수 있게 도와 준 아내에게 감사하고 이 극본들이 공연될 때 참가했던 연기자들에게도 감사한다.

　1998년 9월 8일
　聞鼓堂에서
　嵋巖 許圭

※1998년도에 출간되었던 『허규 극본집』에서 2019년 「다시라기」와 「광대가」의 두 작품으로 (허규 극본집2)을 다시 만들어내면서 머리말은 초판 머리말을 그대로 넣었습니다.

다시라기

(두 마당)

제3회 대한민국 연극제 참가작품

허규 연출

1979.12.6.–12.12/세실극장

등장 인물

상주
안상주
가상주
봉사
마누라
저승사자
사령
산받이
조객

첫째 마당

무대 객석 입구 양쪽에 조등이 걸려 있고 무대 양 옆에도 조등이 걸려 있다. 중앙에 낡은 병풍이 무대를 가로질러 쳐있고, 그 앞에 제사상, 촛불 두 개, 향로에서 연기가 피어오르고 있다.

관객들이 초상집이라는 것을 쉽게 알아차리도록 하되 지나치게 사실적이거나, 음산하거나, 또는 측은한 분위기가 되지 않게, 조명을 밝게 하는 것이 좋겠다. 제사상 앞에 널찍한 멍석이 펴있다. 장치를 필요로 한다면 무대 전체를 한옥 안채로 채워 놓으면 되겠다.

개막 시간이 되면 조등에 불이 밝게 켜진다. 왼쪽(객석에서 본)에서 굴건제복을 하고 상장을 든 상주가 걸어 나와 제상 옆에 서서 곡을 시작한다. 이어서 객석에서 조객 한 사람이 무대로 올라가 분향하고, 절 두 번 반, 그리고 상주와 인사를 나눈다. 그들이 나누는 대화는 관객에게 들리지 않아도 좋다.

상 주 아이고 — 아이고 —.

조 객 허이 — 허이 —.

상 주 바쁘실 텐데 이렇게 찾아 주시니 감사합니다.

조 객 그렇게 갑자기 돌아가시리라곤 생각지 못했었는데….

상 주 울화 때문에 빨리 돌아가신 것 같아요… 아마도 당신 자신이 서둘러서 가셨는지도 모르죠.

조 객 하기사, 그런 얼토당토 않는 오해를 받고, 또 그런 수모를 겪으셨으니 더 지탱하시기가 어려웠겠죠.

상 주   (슬픔보다는 분노의 빛이 보인다) 노인을, 그럴 수가 없죠. 몽
        둥이로 때린 것보다 수십 배 수백 배나 고통을 느끼셨으니
        까요.

조 객   시간이 지나면 밝혀지겠지요. 그들은 죄를 받을 거예요. 천
        벌을 받아 마땅하지 ─.

        이때 소복을 한 안상주, 상식상을 차려 들고 왼쪽에서 나와 제상
        앞에 놓고 상식 올릴 채비를 한다. 상주는 곡을 시작하고, 조객은
        부의금을 내고 객석 앞좌석 적당한 곳으로 가 앉아서 본다. 안상
        주는 차림을 끝내고 상주의 오른쪽에 앉아 치맛자락을 한 손으로
        받쳐 제 얼굴에 대고 애원성으로 곡을 시작한다. 남자의 낮고 부
        드러운 곡성과 여인네의 높고 낭랑한 곡성이 화음을 이루어 아름
        답고 유량한 음률을 엮어 간다.
        곡을 계속하며 술잔을 올리고 절을 하고, 상주의 절이 끝나면, 안
        상주가 큰절을 한다. 곡성은 시간이 흐르면서 목 메인 소리가 섞
        이기 시작하고 점차 감정이 복받치는 울음소리로 변해 간다.
        무대 오른쪽에서 중년 여인이 들어온다. 그녀는 임신한 여인으로
        변장을 했는데, 너무 과장했기 때문에 보는 사람들이 웃지 않을
        수 없다. 뒤뚱거리며 걷는 것이 흡사 오리걸음이다.

마누라   (상주들에게) 마지막 진지를 올리는구먼요… (안상주에게) 홉
        상제(주)가 우느라고 얼마나 힘이 들겠수? 그래서 자식은 많
        이 낳고 봐야 해.

        묻지도 않는 얘기를 하면서 안상주 옆으로 가서 앉더니 높은 소
        리로 곡을 하기 시작한다. 그 여인은 다시라기꾼이다. 아낙네의

곡성은 능숙하고 청승맞고, 노련미가 있어, 차라리 노래요 소리라고 해야 옳을 정도이다. 상주와 안상주는 느닷없는 곡성 때문에 리듬을 잃게 되고, 나중엔 다시라기 여인의 곡조를 따르게 되고 만다. 상주와 안상주는 제사 절차를 마친 다음 상식을 끝낸다. 안상주는 들고 들어왔던 상을 들고 퇴장한다. 상주는 아이 밴 여인의 거동을 보면서 어이없어하기도 하고, 때로는 입가에 웃음기가 돌기도 한다. 아이 밴 여자는 이제 사뭇 장난기 섞인 음성과 몸짓을 해가며 곡을 점점 요란스럽게 한다.

상 주 (민망한 듯 바라보다가) 여보시오. 아주머니, 상식 끝났어요. 지곡하세요.

마누라 (능청맞게 더 큰 소리를 내며) 내버려 두시우. 실컷 울기나 하게. (상주는 마음대로 하라는 듯 자리를 떠난다)

이러는 동안, 어느 사이에 들어왔는지 이상한 차림의 남자가 객석 앞쪽에서 그 광경을 훔쳐보고 있다. 그도 다시라기꾼이다. 남자는 다시라기에서 가짜 상주 노릇을 하는 연희자인데, 그의 차림은 짚으로 치마를 만들어 입고, 머리에 시루 밑을 이용하여 만든 모자를 썼으며, 등에는 성글게 짠 망태를 메었고, 절구 공이를 지팡이 삼아 짚고 있다.

이 차림은 특정한 격식이 있는 것이 아니니까 반드시 그런 차림이야 하는 것은 아니다. 이후에 등장하는 다시라기꾼들의 차림도 즉흥적인 장난기가 나타나야 한다. 다만 초상집에 절대로 어울리지 않는 차림을 함으로써 보는 이들이 웃을 수밖에 없도록 과장을 하면 된다.

마누라 (여전히 계속하며) 아이고— 아이고—.

어디로 가신단 말이오? 우리를 놔두고— 어디로 가신단 말이오— 오늘 밤을 지내며— 언, 굴참나무 싸리덤불 옆에— 에. 초막을 짓고—. 억새풀 소리, 솔바람을 친구 삼아 지내실 테니—. 어찌 아니 섧겠고—오. 날짐승 들짐승 들고 날 제—에. 인기척을 할 수 있나. 자손, 친척. 친구들이—이. 그 옆을 지나갈 제—에. 말소린들 들을 수 있나—앙. 아이고—.

여인이 곡을 계속하는 동안 상주 퇴장하고 가상주가 관객에게 얘기하기 시작한다.

가상주 저 여편네, 곡 참 잘하지요? 나는 저 여편네 곡소리를 여러 번 들어 봤는데, 들을 때마다 눈물이 쏟아지려고 그런단 말이에요. 저 여편네는 넙쭉네라는 별명을 가지고 있는데, 곡 잘하기로 이름이 나있고, 넙쭉넙쭉, 두꺼비 파리 잡아먹듯 능청을 잘 부린다고 해서 넙쭉네랍니다. 몇 년 전 안골 권생원 장례 때에는, 그것이 29일장이었는데, 근 한 달 동안 곡을 해준 기록을 가지고 있는 여자예요. 저 곡소리를 들어 보세요. 얼마나 구성지고, 감칠맛이 있고, 잘 넘어가고… 게다가 저 감정, 얼마나 훌륭한 연기입니까? 욕심을 부리자면, 사람들을 너무 울린다는 게 흠이면서 그것이 또 한 특기라면 특기지요.

하기사, 사람들은 가끔 울어 보고 싶을 때가 있죠. 꼭 슬픈 일이 있어서라기보다 남의 울음소리를 듣는다든가 공연히 훌쩍이면서 울음소리를 내다보면 눈물이 나오게 되고 또 정말로 서러워지게도 되죠. 그런 경험들 있으시죠? 동기야 어찌 됐든 울고 나면 속이 후련해지니까요.

곡하던 여인, 주위를 둘러보더니 곡을 그친다.

마누라 (치마폭에 코를 풀고 일어서며 가상주에게) 무슨 싱거운 잔소리를 그리도 많이 씨부리고 있어? 내가 곡할 맛이 나야지… 가상주님, 준비됐으면 이제부터 다시라기굿을 시작합시다.

가상주 준비는 됐어. 우선 상주 좀 불러내시오.

마누라 그럽시다.

여인, 아장거리며 왼쪽으로 퇴장한다. 잠시 후 퇴장한 쪽에서 여인들의 웃음소리가 터져 나온다.

가상주 (웃음소리 나는 쪽을 한참 보더니 어이없다는 듯) 원 참. 사람들 변덕이 죽 끓는 듯 한다더니 금시 울다가 금시 웃고… 그런데, 운다는 게 사람을 여간 지치게 하지 않는단 말이에요. 실컷 울고 나면 마음속은 텅 비게 되고, 중병을 앓고 난 사람처럼 핏기가 없고, 시들은 무시래기같이, 물이 살짝 간 낙지같이 흐늘흐늘 늘어진단 말씀이에요. 헌데 지금 그 여자는 그렇지가 않아요. 그 비결이 뭔지 아세요? (다시 여인들의 웃음소리) 저렇게 웃는 재주, 아니, 남을 웃기는 재주도 갖고 있단 말입니다. 다시 말하자면 울리고 웃기는 기술을 다 가지고 있으니, 등과 배, 음과 양이 잘 맞는 거죠.

상주, 왼쪽에서 등장해서 제상 옆에 서서 곡을 한다. 가상주, 향로 앞에 앉아 분향하고 절을 한 다음, 상주에게 인사한다.

가상주   상사 말씀이 웬 말씀이오?

상 주   죄인이 무슨 할 말이 있겠습니까?

가상주   입이 백 개라도 할 말이 없지요.

상 주   갑자기 돌아가신 걸요.

가상주   누가 갑자기 돌아갔어요?

상 주   (비로소 다시라기꾼임을 알고) 에끼, 싱거운 사람!

가상주   어쩌다가 말이 그런 변을 당했나요?

상 주   (의아해서) 말이라니?

가상주   말이 갑자기 돌아가셨다기에 왔는데….

상 주   에끼 이 사람! 농담이 지나치시네.

가상주   그럼 잘못 알고 왔으니 되돌아가야겠군. 내 성질이 본래 대감집 말이 죽으면 조상을 가도, 대감이 죽으면 안 가는 사람이라서. (객석 쪽을 향해서 얘기를 시작한다) 나는 초상집에 가서 실수한 적이 한두 번이 아닙니다.

신받이   그렇게 생겼어…. (가상주, 눈을 흘겨 뜬다) 그래서 어떤 실수를 했는데?

가상주   예를 들자면 말이야, 죽은 사람이 누군지 모르고 가는 경우도 있고, 상주에게 하는 인사말을 잘 갔지!… 살아 봤자 남 폐만 끼칠 걸!이라든가 뭐 할 일이 그렇게 있다고 그토록 오래 살았지?라든가 이런 말을 하게 되는데, 그런데도 한번도 매를 맞은 적은 없었어요.
　　　　　상주는 속으로 "죽일 놈", "불한당 같은 놈", "못돼 먹은 놈" 하고 욕을 하겠지만 상주 처지에 제가 어쩝니까? 그리고 조상꾼들은 "저 녀석이, 술이 취했군" 하든가, 그렇지 않으면,

어이없어 웃어넘기게 마련이지요. 말이야 바른 말이지, 내가 이런 차림을 하고 올 때는 이 형상에 어울리는 짓을 해야 되지 않겠어요?

산받이 얼씨구—.

가상주 각설하고 이제부터 제가 상주 노릇을 하겠습니다. (상주 옆으로 가서) 아우님, 저쪽으로 가서 좀 쉬게나.

상 주 내가 갑자기 자네 아우가 되었나?

가상주 기왕에 내가 상주가 되려면 당신 동생이 되고 싶지는 않으니까 말이지. 저리 가 쉬어! 저기 앉아 구경이나 해. (억지로 상주를 밀어 내고 상주 자리에 절구 공이를 짚고 서서 상주 노릇을 한다. 곡소리를 내는데, 김맬 때 부르는 소리를 하다가 무대를 돌면서 춤을 춘다)

산받이 여보, 상주! (소리친다)

가상주, 계속 소리를 한다.

산받이 (큰소리로) 여봐, 상주!

가상주 (소리를 멎고 돌아보며) 어느 제밀할 놈이 상주를 불러? 왜 그래?

산받이 상주면 곡을 해야지 논김 매는 소리를 하면 어떻게 해?

가상주 저 사람 뭘 모르는군!

산받이 뭘 몰라?

가상주 사람이 죽으면 썩지? 썩으면 거름이 된단 말이야. 그런데 거름이 되면 잡풀들이 먼저 기승을 부리거든. 그러니까 김을 매줘야 하는 거야. 그래야 곡식이 잘 되지.

산받이 그래서 김매는 소리를 했단 말이지?

가상주	그렇지.
산받이	그럼 그 망태는 왜 메고 있는 거야?
가상주	(싱긋 웃으며) 이 망태? 이건 돈망태지.
산받이	돈이 들어 있을 것 같지 않은데?
가상주	이제 돈을 벌게 되지.
산받이	상주가 장사를 하나, 돈을 벌게!
가상주	장삿집에서 장사를 하지 않으면 어디서 장사를 하나?
산받이	무슨 장사? 뭘 팔아?
가상주	장삿집에서 팔 거라고는 뻔하지.
산받이	뻔하다니?
가상주	(손을 입에 대고 비밀 얘기를 하듯) 애비 송장을 팔아야지.
산받이	예끼 천하에… 진짜 상주가 들었단 말이야!
가상주	그건 자네 씨가 모르는 말씀이야! 내가 돈을 벌려고 장사를 하는 게 아니라, 우리 아버지의 값이 얼마나 나가는지 그걸 저울질해 보려는 것이고, 또 하나는 그렇게 해서 모은 돈으로 아버지 제사 밑천 삼고, 비석도 해드리고, 묘막도 짓고, 그리고 보다 중요한 것은 협조 정신을 시험해 보려는 것이니 얼마나 효성 지극하고, 건전한 장사냐 말이야?
산받이	그런 심보 가진 상주한테 누가 돈을 준대?
가상주	장사하는 방법이 다 있지! 내가 돈을 어떻게 버느냐?… (혼 잣말로) 꼭 약장사 같네. 이 망태 구멍이 크지? — 왜 이런 망태를 메고 돈을 버느냐 하면, 작은 돈은 빠져 나가고 큰 돈만 걸리라고 그러는 거야. (자진모리 장단에 맞춰서) 작은 돈을 빠져 나가고 큰돈만 남아 있거라. 작은 돈은 땅에 떨어져

싹이 나고 잎이 돋아

꽃 피고 열매 익어

이 망태를 채워 다오.

그 돈 갖다 어데 쓸까?

그 돈을 누구 줄까?

고대광실 집도 짓고

덩더쿵 지내면서

너도 한 잔 나도 한 잔.

자네도 한 닢 이 사람 한 닢.

한 닢 두 닢 나눠 주고

새끼돈이 남으면

씨돈으로 두었다가

명년 봄에 갈고 부쳐

모종내고 김매 주고

잔가지 잘라 내고

큰 가지만 잘 키워서

주렁주렁 돈 열매를

거두어서 부자가 된다.

어때? 내 돈 농사법이? (산받이에게) 자네 내 꽁무니 따라다
니게─작은 돈은 얼마든지 주울 수 있어. 돈이란 노력 없이
벌어지는 게 아니야!

산받이 그것, 사람 여러 명 미치게 할 농사법이다.

가상주 (객석 뒤쪽을 보고 나서) 쉿, 저기 한 사람 오는데, 장사를 해
야지 ─. (가상주는 상주 자리에 가서 곡을 한다. 잠시 후 객석
뒤쪽에서 철렁철렁 쇳소리가 들리더니 저승사자가 나타난다. 저
승사자는 쇠붙이를 붙여서 만든, 귀면 같은 가면을 썼고, 한 손에

는 삐쭉한 가시가 많이 꽂힌 쇠몽둥이를 들었다)

사 자   (큰 기침을 한번 한다) 어흠, 사람들이 많이 모인 것을 보니
        여기가 바로 거기로구나. (공손한 말투로) 여러분 잠깐 실례
        를 해야 하겠습니다. 여기가 김씨네 상가 맞지요?

관 객   아니다, 양씨네 상가다.

사 자   나는 상가를 도와주려고 온 사람이오.

관 객   쇠몽둥이를 들고 도와주러 왔단 말이냐?

사 자   난 저승에서 온 사자요. 이 방망이는 만능 방망이라는 것
        이오. 소원을 말하고 이 방망이를 한번 탁 치면 금도 나오
        고, 쌀도 나오고, 하늘에 별도 떨어뜨릴 수 있고, 적도 물
        리칠 수 있는 방망이올시다. 이 방망이 줄 사람을 찾고 있
        는 중이라오.

산받이   어떤 사람한테 주는데?

사 자   그건 비밀이오. 조금 있다가 다시 봅시다. 실례했소. (퇴장)

가상주   별놈 다 봤네, 이거, 장사도 안 되고….

        이때 다른 쪽에서 북을 메고, 머리를 흔들면 뱅글뱅글 도는 갓을
        쓴 봉사가 지팡이를 짚고 조객과 함께 등장한다.

가상주   저기 진짜 조객이 오는군. (다시 곡을 시작한다)

봉 사   (조객에게) 여보시오! 초상집 아직 멀었소?

조 객   아직 멀었소!

봉 사   (관객들의 냄새를 맡아 보고) 사람 냄새가 나는 걸 보니 다 온
        것 같은데.

조 객   아직 십 리는 더 남았소.

봉 사   봉사 속이면 죽을 때 똥물 아니면 기름물 먹고 죽어!

조 객   똥물, 기름물을 먹고 죽다닙쇼?

봉 사   눈 뜬 사람들은 눈을 믿다가 냄새를 못 맡고, 입맛도 모르고 귀까지 어두워져서, 썩은 물을 꿀물인 줄 알게 되고, 똥물을 보신탕 국물인 줄 알고 신나게 퍼마시다가 내장이 썩어서 죽는단 말이야!

조 객   그것, 하나 둘이 있는 말입죠.

봉 사   하나 둘만 있을라구? 셋 넷도 더 들어 있지!

조 객   그럼 마침 잘됐소이다. 심심하던 차에 하나 둘, 셋, 넷 장단을 맞춰 걸어 봅시다.

봉 사   그것 좋지!… 지금부터 봉사 걸음을 걸어 보는데… 먼저 눈을 뻔히 뜨고서 못 보는 당달봉사 걸음부터 시작하겠다. 그 걸음걸이를 볼작시면, 꼭 요렇던 것이렷다. (자진모리장단에 맞추어 눈을 뜬 채, 천방지축, 객석 통로를 덤벙거리고 걷는다)

조 객   얼씨구—.

봉 사   쉿, (춤을 멈추고) 봉사도 가지가지라. 또 어떤 봉사는, 남의 잔칫집에 가서 공술 잔뜩 얻어먹고, 취중에 우환경을 읽으러 가는데, 꼭 구정놀이 장단에 맞추어 간단 말이지.

굿거리장단에 맞추어 술 취한 봉사 걸음을 흉내 낸다. 트림도 하고, 여기저기, 이 사람 저 사람에게 부딪치기도 하며 걷는다.

조 객   얼씨구절씨구, 지화자 잘한다.

봉 사   (점차 신명이 나서) 이렇듯 한참을 가다가, 먹은 술이 오줌이 되어 가지고 오줌통이 꽉 찼단 말이지. 그러니 어쩌겠나, 소피를 봐야지? 자네 씨는 봉사 소피보는 것 본 일이 있는가?

조 객   아직 못 봤는데요? 한번 해보슈!

봉 사   그것 본 사람 드물지. (사이) 한번 내보는데… 쳐라!

구정놀이 장단, 봉사는 똥마려운 강아지 모양, 쩔쩔매다가 사타
구니 쥐고 안절부절, 주변을 돌아보기도 하고, 인기척을 살피다
가 소변보는 시늉을 낸다. 봉사, 소변을 다 본 듯 잠뱅이 자락을
허리띠에 꿍쳐 넣을 때,

산받이   (제지하며) 여보슈, 봉사님, 신사 숙녀들 앞에서 무슨 짓이오?
봉 사   그래서 봉사 아닌가?
조 객   그러면 이번에는 영감님 걸음으로 한번 걸어 보시지요!
봉 사   내 걸음? 좋지, 그럼 이번에는 이차 굿으로 치렷다. (장단을
치다. 봉사춤을 추면서 무대에 오른다)
조 객   다 왔소!
봉 사   그럼 조상을 해야지. 허이 — 허이 —. (지팡이를 이리저리 휘
젓다가 제물을 치기도 하고 상주를 후려 때리기도 하는 등, 여러
가지 실수를 거친 후, 격식을 갖추어 조상하는데 계속 실수를 되
풀이한다. 향을 집어서 가상주 입에 틀어넣기도 하고, 절은 반대
쪽을 향해서 하고, 봉사가 저지를 수 있는 짓들을 즉흥적으로 해
낸다. 한참 동안 수선을 피우다가 가상주와 인사를 한다는 게 가
상주의 이마를 들이받는다)
가상주   아이쿠. (하며 뒤로 나뒹굴고 만다) 이런 염병할! 보지 못하거
든 덤벙대지나 말지.
봉 사   (그 소리는 들은 척도 않고) 졸지에 당한 일이니 드릴 말씀이
없구려!
가상주   오냐. 모시고, 자시고, 썩히고, 많이 쌌느냐?
봉 사   먹고 쌀 걸 뭣 하려고 먹어?

가상주	안 먹으면 죽사옵니다.
봉　사	먹고 싸고, 싼 물건을 도로 먹고. 안 먹고 안 싸면 오래 살아. 보면 먹고 싶고, 먹으면 싸고 싶고, 싸면 배고프니 안 보고 안 먹는 게 제일이오.
가상주	그것 참 경제적이구려!
봉　사	(문상을 끝낸 듯 툭툭 털고 일어서며) 헌데, 우리 집 마누라가 여기 와있을 텐데….
가상주	못 봤는데… 한번 불러 보슈.
봉　사	(큰소리로 부른다) 여보 마누라, 여보 마누라!

마누라, 호들갑스럽게 뛰어나오며 소리친다.

마누라	영감, 영감, 나 여기 있소. 여기 있어!
봉　사	(다급하게) 어이, 뛰지 말아. 뛰지 말엇! 뱃속에 애 놀란단 말이야. 여보 마누라 조심해, 걸어와요.

타령 장단에 맞추어 마누라 아장거리며 걸어, 봉사 앞으로 다가간다.

마누라	(과장되게 반기며) 여보, 영감—.
봉　사	(얼싸 안으며) 여보 마누라—. (둘이 춤을 춘다. 춤을 끝내고) 우리 마누라는 앞으로 보나 뒤로 보나 옆으로 보나 언제 보아도 물찬 제비 같단 말이야.
가상주	염병하고 있네. 여보시오 봉사님, 보도 못하는 영감이 물찬 제비인지, 절구통인지 어떻게 안단 말이오?
봉　사	허허, 다 아는 법이 있지.

가상주	어떻게 알아?
봉 사	해는 뜨거우니까 빨간 줄 알고, 밤은 캄캄하니까 검은 줄 알고, 하늘은 높으니까 파란 줄 알고, 이 옷은 깨끗하니까 하얀 줄 알지.
마누라	(아양을 떨며) 그래, 내가 어째서 물찬 제비 같단 말씀이유?
봉 사	(마누라의 몸을 만져 보며) 마누라야 요기조기 만져 보면 말랑말랑 말캉말캉, 물기가 조르르르, 얼굴은 핼쑥, 허리통은 뽈록, 다리는 미끈, 이 아니 물찬 제비요? (다시 얼싸안으며) 안 그래 마누라?
마누라	(봉사에게 찰싹 붙는다) 좋아 죽겠네….
봉 사	어허 조심해야지. (배를 가리키며) 나야 좋지만 뱃속 아이 다치지 않게 조심하란 말이오. 그놈을 어떻게 밴 아이인데….
마누라	어떻게 밴 아인데?
봉 사	들어 보겠는가? (소리조로) 잠을 잘 때 반듯 눕고, 사악한 것 보지 않고, 고른 자리 찾아 앉고, 부정한 것 먹지 않고, 음한 소리 듣지 않았으니, 그 아이 낳게 되면 정승감이 틀림없지. 그 아이 낳거들랑 너그럽고 부드럽게 자상하고 온화하게 어질고 지혜롭게 잘 키우세, 잘 키워! 부정한 빛 쐬지 말고, 더러운 물 먹이지 말고, 썩은 공부 시키지 말고, 고이고이 기를 적에 눈망울은 수정같이, 마음은 하해같이, 기운은 철퇴같이, 재주는 조물주같이 길러서, 세상천지 훨훨 날아, 내 못 본 것 다 보게 하고 내 모르던 것 알게 할 아이란 말이오.
마누라	뉘 자식인데 어련할라구요. (춤을 추며) 얼씨구나 절씨구 지화자 좋네. 얼씨구나 좋을씨구. (혼자 신바람 나게 춤을 춘다)
봉 사	(소리쳐 제지한다) 여보, 여보, 마누라! 그런 막춤을 추면 아이한테 때 옮아요.

마누라	(화를 낸다) 막춤이라니? 내 춤이 막춤이란 말이오? 봤어? 봤냐구?
봉 사	봉사가 보이간데? 아이한테 그런 가락이 몸에 배게 해서는 안 된다, 이 말이오. 점잖고 고상한 춤을 익히게 해야지, 나처럼 말이야! 쳐라!

휘모리장단을 친다. 봉사는 해괴망칙한 춤을 춘다. 주변 사람들, 추임새를 해준다.

마누라	(꽥 소리를 지른다) 영감! (봉사, 멈춘다) 병신 치고 오줌 안 싼 병신 없다더니… 저 영감이 노망이 났군! (봉사, 부끄러워 몸을 사린다) 여보, 영감! (소리친다)
봉 사	아이고 깜짝이야. 애 떨어지겠어! 왜 그래?
마누라	아까, 내가 이리로 오다가 꼴뚝이 영감을 만났는데, 오늘 밤 개가 새끼를 낳는다고 경을 읽어 달라 한 걸 내가 깜빡했지 뭐유?
봉 사	그래? 그것 잘됐군. 한 푼이라도 벌어야지. 우선 초상집에 왔으니 술 한 잔 얻어먹고….
마누라	(꾸짖듯이) 그러다가 새끼 다 낳겠소. 어서 다녀오시오. 내일 모레가 해산날인데 어서 벌어서 미역 줄기라도 장만해야 하지 않소?
봉 사	알았어. 그럼 다녀오리다. (소리조로) 어이 가리, 어이 가리 — 앞을 못 봐 어이 가리 —.
마누라	(소리) 서방님, 부디 안녕히 잘 가시오.
봉 사	(소리) 오냐 간다. 나는 간다. 부디부디 너 잘 있거라 —.
마누라	(따라가며) 이제 가시면 어느 때 어느 시절에 오실라요?

봉 사 가봐야 알지, 어느 때 올는지 나도 정녕 모르겠소. (봉사, 퇴장)

마누라 아이고 답답, 내 신세야.
  야속한 님아 서른 정아
  차마 서러워 못살겠네.
  요놈의 신세를 어쩔거나.

  마치 춘향과 이 도령의 이별이나 되는 듯 구성지게 이별한다. 마누라는 춘향전 이별 대목을 부른다.

가상주 (이때 끼어들며) 여보시오, 지금 춘향전 하고 있는 거야?

마누라 난 지금 내가 춘향인 줄 알았지….

  이때 객석 뒤쪽에서 전립에 쾌자를 걸치고 몽둥이를 든 사령이 들어온다.

사 령 여보시오들, 말 좀 물읍시다. 저승에서 온 사자가 이곳으로 왔다는데 못 보셨소?

산받이 (상주 쪽을 가리키며) 저 사람한테 물어 보시오.

  사령, 다급한 듯 무대로 올라가 빠른 동작으로 분향재배한 뒤 상주에게 절을 하고 나서

가상주 그놈, 되게 빠르군 그래!

사 령 저승사자 못 보셨소?

가상주 저승사자야 저승에 가면 볼 수 있죠.

사 령   저승사자가 이리로 온다고 그랬다는 거야.

가상주   사람은 죽은 다음에 그 값을 안다는데 댁에서는 값을 얼마
        나 놓으시겠습니까?

사 령   그건 당신이 죽은 다음에 값을 정할 일이고, 저승사자가 당
        신을 데리러 온다는 거야.

가상주   나 같은 효자를 왜? 그리고 난 지금 바빠서 저승에 가고 오
        고 할 여유가 없는 사람야.

사 령   (안타깝다는 듯) 이런 벽창호 같으니. 저승사자가 당신을 잡
        아가려고 지금 이리로 왔다니까….

가상주   나, 똥 누러 갔다고 그래, 아니 목욕, 아니, 이발하러 갔다고
        그래. 아니, 감기가 들어서 병원에 갔다, (차차 불안해하며)
        안 되겠군! 옳지 세계 일주 떠났다고… 등산 갔다고… 아니
        야 좋은 수가 있네. 벌써 죽었다고 그래!

사 령   그래도 소용없을 걸? 처음에는 날더러 가자고 그러더란 말
        이야.

가상주   뭐야? 그럼 저승사자를 자네가 만났단 말이야?

사 령   그럼 만났지! 내가 소문을 듣고 동네 어귀를 지키고 있으려
        니까 나타나지 않겠어? 다짜고짜 날더러 가자고 하길래, 내
        가 이랬지, 앞날이 구만 리 같은 나를 왜 데려가려느냐구….

가상주   나는 앞날이 십만 리도 넘는데…?

사 령   그렇게 말을 하고 술집에 데리고 가서 상다리가 부러지게
        한 잔 내면서 좀 봐달라고 했지.

가상주   그랬더니?

사 령   그랬더니, 저승사자 하는 말이, 나는 봐줄 테니 누구 한 사
        람을 대신 잡아가게 해달라는 거야.

가상주   (절구 공이를 들이 대며) 이런 죽일 놈 같으니… 세상에 이런

나쁜 놈을 (관객에게) 이거 어떻게 했으면 좋겠소?… 네놈 명색이 사령인데, 저승에서 온 사자한테 제 친구를 팔아넘기려 든단 말이야?

사 령 허허 — 내가 언제 팔아넘겼댔어…?

가상주 그럼 뭐야? 왜 나를 잡으러 온다는 거야?

사 령 이 동네에 초상난 걸 다 안다면서 상주 한 사람 데려가게 해 달라는 거야.

가상주 상주를? 그 제밀할 놈이 줄 초상을 낼려구 그러나?… 하필이면 왜 상주래?

사 령 (화를 낸다) 내가 저승사자야? 내가 그걸 어떻게 알아? 내가 그놈 뱃속에 들어가 보기라도 했단 말이야?

가상주 (사령 기세에 눌려서) 아 —니, 참게! 지금 흥분할 때가 아니지. (다급해진 듯) 그래서, 그래서 어떻게 됐어? 그 사자는 어디 있어? 이거 큰일 나지 않았어?

사 령 (퉁명스럽게) 그래서 내가 욕을 해댔지.

가상주 뭐라구?

사 령 오뉴월 삼복 중에 염병을 앓다가 땀을 못 내고 죽을 놈아, 너는 애비 에미도 없냐? 그러면서 술상을 발로 탁! 들러메 엎었지.

가상주 그랬더니, 그놈이 기가 좀 꺾이든가?

사 령 기가 꺾여? 그랬으면 오죽이나 좋겠어?

가상주 그럼?

사 령 … 이놈이 껄껄 웃는 거야! 그 더러운 이빨을 내보이면서… 그리고는 미개인들은 별 수가 없군, 하더니 문을 팍! 열고 싹! 나가 버리지 않아?

가상주 그래? 어디로 갔어? 어디로 갔느냐 말이야?

사 자   (불쑥 나타나며) 저승사자, 여기 있다―.

가상주, 당황한 척

사령은 관객 속으로 재빨리 숨어 버린다.

가상주   (사자가 듣지 못하게 하는 말투로) 야 이놈아! 네가 먼저 숨어
        버리면 나는 어떡해? 나는 부모 처자가 있고, 너는 홀몸이
        니, 네가 대신 가겠다고 나서든지, 아니면 싸워서 막든지 둘
        중에 택일을 해야지… 어서 나와!

사 령   장가도 못 가보고 내가 어떻게 저승엘 가?

가상주   처녀로 저승에 간 애들도 많아! 난 상주인데 내가 어떻게 간
        단 말이야?

사 령   이왕이면 이승에서 장가를 가보고 저승에 가서 또 가면 더
        좋지 않아? 난 장가들기 전에 못 가!

가상주   그럼 좋은 수가 있다. 사람은 스쳐 지나가기만 해도 인연이
        라는데 그 옆에 있는 여자한테 청혼을 해봐!

사 령   금시 잡혀 갈 놈한테 누가 시집을 오나? (몸을 일으켜 세우며)
        어차피 내가 갈 것은 아니니까 밑져야 본전, 성질이나 한번
        부려 보자. (큰소리로) 야, 저승사자놈아! 이리 와!

사 자   (가소롭다는 듯) 너 같은 쫄병은 상대 안 해! 상주 어디 있느
        냐?

사 령   (그것 보라는 듯 가상주에게) 저것 봐, 내 말이 사실이지?

가상주   이거 공연히 상주 노릇하다가 저승 가게 생겨 먹었군 그래!
        (관객에게) 여러분 혹시 저승사자가 저 몽둥이로 나를 때리
        려 하거든 여러분이 합세해서 날 좀 구해 주슈, 네? 부탁이
        에요. (사자가 무대 쪽으로 걸어오는 것을 보고) 아이구 이리

오는데… 가만 있자 어떻게 한다? 옳거니, 저놈도 눈, 귀가
있다면 내가 곡을 하는데 설마 제놈이 문상이야 하겠지? 그
때를 노려서 (절구 공이로 내려치는 시늉을 하며) 꽝! 됐어.

가상주는 상주 자리로 가서 읍하고 곡을 시작한다. 저승사자는
상주를 찾아내어 잘됐다는 듯 탈을 끄떡거리고 쩔렁거리며 무대
로 오른다.

사 자 여보시오, 당신이 상주요?

가상주, 못 들은 척 아이고 아이고 하면서 손짓으로 먼저 분향하
라는 시늉을 한다.

사 자 당신이 상주냐 말이오?
가상주 보면 몰라? 눈이 멀었다면 몰라도….
사 령 (슬그머니 끼어들며) 여보시오, 저승에서 온 분!
사 자 왜 그래?
사 령 초상집에 오면 먼저 조상을 한 다음에 볼일을 보는 법이야.
사 자 그래?

상주는 곡을 계속하고 있고, 넙쭉네가 나와서 구경하고 있다.

사 령 우선 향을 피우고, 절을 한 다음, 상주에게 문상을 하는 법
이야.
사 자 그것은 이승 예법이지! 저승에서는 그런 케케묵은 예법은
씨가 마른 지 오래됐어.

사 령 그곳엔 후레자식들만 있는 곳인가? (사자, 눈을 부릅뜬다) 그럼 인사라도 해야지.

사 자 아, 인사말이지? 그거야 하지. (사자, 가상주에게 절을 한다)

가상주 오냐, 모시고 자시고 썩히고 잘 쌌느냐?

사 자 그건 세배 받을 때 하는 말이 아닌가?

가상주 오는 인사가 발라야 가는 인사도 바르게 나가지.

사 자 그런데 당신이 상주요?

가상주 난 허수아비 상주요.

사 자 내가 바로 찾아왔군, 가자.

가상주 어딜 가?

사 자 저승으로 가잔 말이야!

가상주 나는 가짜 상주요. 진짜는 저기서 구경하고 있지 않아?

사 자 나는 가짜가 필요해!

가상주 원 별난 놈 다 봤네, 진짜를 놔두고 가짜를 탐내다니….

사 자 진짜는 골치 아파. 감정도 해야 하고, 또 수속도 복잡하고… 무엇보다도, 말을 잘 듣지 않는단 말이야. 저승에서는 가짜일수록 이용 가치가 크거든. 적당히 이용하다가 버려도, 별로 아깝지 않고… 그리고 진짜들은 용기도 없는 것이 뒷말은 혼자 하고, 돈 한 닢 못 벌은 것이 돈 알기를 우습게 알고, 속마음은 검은 것이 목욕하기 소일이요, 밝은 날 청렴한 체, 날 어두우면 부정한 짓, 제 잇속에 악마구리, 남의 일엔 먼 산 보기, 이런 것들이 진짜라는 사람들 아닌가? 그러니 다루기가 좀 힘들어?

가상주 이놈은 태어날 때 발가락부터 나왔나 보군, 거꾸로 알고 있으니. 그게 바로 진짜 가짜라는 거야.

사 자 저승에서는 그런 놈을 진짜 진짜라고 하느니라!

가상주   그럼 저승 가짜는 또 어떤 건고?

사 자   저승에서 가짜라고 하는 것은 시궁창에서 태어나서 피죽
        만 먹다가, 남의 집 종 노릇, 날품팔이로 세월을 보내다가,
        이리 빼앗기고 저리 찢겨서, 자라느니 빚더미요, 커가느니
        설움이라, 객지로만 다니면서 궂은 일 도맡아 하고, 남의
        일에 선봉 서는 그런 사람이 가짜지, 그런 가짜래야 말없
        이 충복 노릇을 할 수 있고, 또 적당히 비밀도 보장이 된다
        이 말이야.

가상주   (어이없어 하며) 이놈이 세상을 뒤죽박죽을 만들 놈 아니라
        구? 이놈이야말로 가짜 저승사자임이 틀림없다. 사령아, 이
        놈 잡아라! (객석에 대고) 여보쇼들! 뒷문 닫고 앞문 잠그쇼!
        이놈 못 도망가게 하고 이놈을 잡읍시다.

        가상주와 사령, 관객 등이 합세하여 저승사자를 포위하고 전투
        무용을 벌인다. 한참 만에 저승사자가 잡히고 만다. 일동 승리의
        합창을 부른다.

일 동   사자 잡았네. 헤헤야하, 헤헤야하, 어이기여허, 어허어어허
        어 지화자자아아, 어허얼싸, 지화자자자, 얼싸 좋네—.

        일동, 저승사자를 바닥에 꿇어앉힌다.

가상주   쉬—. (노래 멎는다) 자—이제부터 이놈의 정체를 알아보
        자, 사령은 곤장을 잡아라.

사 령   예잇—. (몽둥이를 들고 넘실거린다)

가상주   네 이놈, 듣거라!

사 자	(태연하게) 수천 년 수만 년 너희 조상들이 받들고 모셔 오던 나를 이렇듯 무지막지하게 다루고서 너희들이 무사할까?
가상주	잔소리 말고 이실직고 하렸다! 네놈은 어디서 왜 왔는고?
사 자	저승에서 빚 받으려고 왔다.
가상주	빚? 빚이라니? 저승에서 이승으로 빚을 받으러 왔단 말이냐? 사령아! 저놈을 적당히 다스리거라!
사 령	예잇, 사령이 나간다! 능청거리고 나서 보자. (장단이 울리기 시작한다. 사령, 방망이를 휘두르며 망나니처럼 춤을 추다가 저승사자를 때린다)
사 자	에구구구 ─ . (비명)
가상주	바른 대로 일러라 ─ .
사 자	바른 대로 이르고 있소.
가상주	그래도 저놈이 헛소리를 하는고? 사령! 매우 다스리렸다!
사 령	예잇! (전과 같이 되풀이한다)
사 자	에구구구 ─ 허리 부러졌다.
가상주	그래도 바른 말 못할까?

사자, 엄살을 부린다.

가상주	사실대로 말을 해! 이놈!
사 자	사실대로 말할 테니 때리지 않는다고 약속을 해라!
가상주	그래 약속하마!
사 자	(호흡을 가다듬고) 하이고 살 뻔했네… 사실은 네 할아버지 할머니가 저승에서 고생이 이만 저만이 아니야. 길거리에서 떡장사를 하고 있단 말이야.
가상주	(재미있다는 듯) 우리 어머니는 무얼 하시구?

사 자	네 어머니는 남의 집 더부살이를 하고 있고….
가상주	이승에서도 더부살이를 하셨는데 저승에 가서도 그렇게 지낸단 말이냐?
사 자	그렇다니까. 내가 길을 지나가다 네 할머니 할아버지인 줄 알아채고 "아무개네 할머니 할아버지 아니오?" 하고 물었더니 처음에는 아니라고 딱, 잡아떼더란 말이야, 그래서 내가 도와주려고 그런다니까 그때서야 사실대로 얘기를 하는 데… 지체 높은 집안에서 태어난 자기들이라 떡장사 하는 것이 창피해서 감추었다는 거야.
가상주	그 말은 맞는다. 우리 조상들은 지체 높은 양반이었으니까. 그래서? 빚을 받으러 왔다는 말은 무슨 말이냐?
사 자	(명령조로) 얘기를 더 들어! 요즈음 저승에도 불경기라, 있는 녀석은 흥청망청 돈을 쓰지만, 없는 사람은 그 생활이 말이 아니야. 그래서 장사가 잘 안 된다는 거야. 입에 거미줄 치게 됐다는 거지. 그러니 인정 많은 내가 그냥 지나칠 수가 있나? 떡을 팔아 주고 돈까지 빌려 줬다 이 말이야.
가상주	(갑자기 통곡을 하며) 할머니, 할아버지 — 어쩌다가 아직 그 고생이오? (울다가 금시 제정신으로 돌아오며) 그런데 저승에서도 떡을 먹냐?
사 자	떡을 먹냐가 다 뭐야? 저승 사람들도 돈맛 알고 술맛 알고 고기맛 알고, 특히 생괴기라면 오장이 꼬이도록 좋아하지 —.
가상주	(주위 사람들에게) 여러분들 이놈 말을 어떻게 생각해? 믿을 수 있을까?
사 령	그놈 말이 거짓말이라는 것은 세 살 난 아이도 다 알 것이오. (사자에게 달려들며) 너 이놈, 아까 내 등쳐서 먹은 술값이나 내놔라!

사 자 (엄살을 부리며) 잠깐 (사이) 이건 야만인들이나 하는 짓이오! 말로 해! 말로 해서 안 되면 고소를 하든지, 제발 때리는 것은 질색이야. 제발, 제발. (두 손으로 싹싹 빈다)

산받이 (고함친다) 흠씬 때려라. 박살을 내라!

가상주 조용히! 조용히, 이놈의 행실을 생각하면 오살을 내도 시원치 않지만, 동방예의지국 사람이 야만인 소리를 듣는다는 것은 수치요. 그러니 이놈을 우선 광에 가두어 두고 봉사님을 불러다가 점을 쳐서, 이놈의 정체를 밝힌 다음 합법적으로 처벌하도록 명한다. (절구 공이로 무대를 세 번 친다. 사령에게) 사령은 저놈을 광 속에 단단히 가두고 잘 지켜라! 그리고 (조객에게) 자네는 번개처럼 꼴둑이네로 뛰어가서 봉사님을 모시고 오게나 ─.

예! 소리와 동시에 조객은 봉사 데리러 가고, 사령은 저승사자를 끌고 오른쪽으로 퇴장.

가상주 (관객을 향해서) 이제 좀 쉬었다 합시다. 사람은 적당한 휴식을 취해야 속이 찬다니까… (관객에게) 누구, 담배 있으면 하나 주슈. (담배를 받아 피우면서) 그 탈 쓴 놈 때문에 어찌나 혼이 났는지… 그런데… 옛날에는 탈을 쓴 자는 탈을 쓴 체 했다는데, 요즈음은 탈을 썼는지 안 썼는지 분간할 수가 없어요. 나 역시 지금 가짜 상주 노릇을 하고 있긴 하지만 어떤 때는 제 자신이 진짜인지 가짜인지 모를 때가 가끔 있거든요. (사이) 요새는 분명 불을 땐 굴뚝에서 연기가 안 날 때가 있지 않아요? (사이) 그러다가 느닷없이 일이 터지고. 그러고는 갑자기 어제의 원수가 둘도 없는 친구가 되는가 하면, 조금 전의 친구가 적이 되기도 한단 말이에요. (사이) 믿을 수가 없어요. 믿을 것이라고는 아무것도 없는 것 같아요. (사이) 사람도, 강물도, 바람도, 비도, 눈도, 우주도, 역사도, 경험도, 현재도, 미래도, 사랑도, 미움도 (사이) 그러니 "굿이나 보고 떡이나 먹자!" 이렇게 되고 마는 것 아니에요? (사이) 잠깐 쉬었다 나올 테니, 이제부터 여러분들끼리 한 판 놀아 보슈, 소리도 하고 춤도 추고… 그럼 잠깐 뒤에 다시 봅시다. (퇴장)

둘째 마당

마누라가 개다리소반에 술상을 차려 들고 나와 주위를 훔쳐보며 도둑고양이처럼 광 쪽으로 건너간다. 이때 사령이 손을 털며 나오다가 맞닥뜨린다.

사 령　넙쭉네!

마누라　(찔끔 놀라며) 아이구 깜짝이야. (심호흡을 하고 나서) 난 또 누구시라구!

사 령　그 술상 누구 주려고 가져가는 건가?

마누라　누구라니요? (임기응변으로) 오라버니 드리려고… 가는 것입죠. 오라버니 ―.

사 령　나 주려고?… 헤헤, 개가 늑대 생각해 주는구면.

마누라　쥐가 고양이 생각해 주는 것이지요, 오라버니. (오라버니란 말을 특히 강조한다) 오라버니 혼자서, 사자인지, 죄인인지를 지키시느라고 오죽 심심하고 출출하시겠수… 그래서 한 상 봐오는 거예요, 오라버니.

사 령　(신경질을 부리며) 그 오라버니 소리 좀 그만 해! 징그러워… 내가 어느 새에 자네 오라버니가 돼버렸나? 요새 것들은 촌수도 모르는 것이 하도 많아서… 덮어놓고 아무나 보고, 오빠, 오빠, 나쯤 되는 점잖은 사람에게는 오라버니, 오라버니, 나이 좀 든 사람에겐 아빠, 아빠… 잡것들 같으니….

마누라　(능청맞게) 내가 언제, 아빠! 아빠! 했수? 오라버니.

사 령　또 오라버니야? 이것 봐 넙쭉네, 오라버니가 어떻게 되는 촌수인지 알아?

마누라 말씀해 보슈, 오라버니.

사 령 오라버니란, 아버지나, 어머니 쪽 동기간의 자식들끼리거나, 할아버지 할머니 쪽 동기간의 자식들끼리거나, 할아버지, 할머니 쪽 동기간의 손자들의 자식들끼리 사이에나 부르는 호칭이야! (삿대질을 하며) 내가 어떻게 넙쭉네하고 이촌, 사촌, 육촌, 팔촌, 십촌, 백촌이 된단 말이야?

마누라 그건 오라버니가 잘 모르고 하시는 말씀이에요, 오라버니―.

사 령 뭐가 어째?

마누라 오라버니라는 것은… 오랏줄을 들고 다니는 아버지 같은 분을 존대해서 부를 때 오라버니, 오라버님 하는 걸로 알고 있는데요? 오라버님.

사 령 뭣이? 오랏줄 아버지라구?

마누라 이름이야 아무려면 어떠우. 나같이 넙쭉대는 여편네는 넙쭉네, 오랏줄 가지고 다니는 사람은 오라버니, 안 그래요? 오라버님?

사령, 넙쭉네의 얼굴을 한동안 들여다보더니

사 령 말하는 자네 입이 이쁘구면… 그러나 저러나, 이 술상, 정말 날 생각해서 차려 온 건가?

마누라 쥐가 고양이 생각 안 해주면 누가 해줍니까? 오라버니.

사 령 또 오라버니야? 이런, 오라를 질 여편네 보게―.

마누라 (끈질기게 물고 늘어진다) 아이고 답답, 눈치도 없기는, 내 말 좀 들어 봐요, 오라버님!

사 령	그래 들어 업어 주마, 오라를 질….
마누라	저 광에 가둔 저승 손님 말이에요.
사 령	(큰소리로) 저 — 승 — 손 — 님?
마누라	쉿, 듣겠어요. (사령의 입을 손으로 막는다)
사 령	(얼떨떨해지며) 저승 손님이 어쨌단 말이야?
마누라	저 손님은 이승 사람 잡으러 온 것 아니오?
사 령	그래서?
마누라	오라버니도 이승 사람 잡는 사람 아니우?
사 령	… 그래서?
마누라	초록은 동색, 가재는 게 편, 결국 잡으러 다니는 입장은 매한가지가 아니냐, 이 말씀이오.
사 령	(어리둥절) 이 여편네가 나를 어느 구렁텅이로 몰고 가려는 거지? 여봐 넙쭉네, 지금 무슨 소리를 지껄이는 거야?
마누라	그러니까, 둘이서 사이좋게, 주거니 받거니 술을 나누는 게 좋지 않겠느냐 이 말이에요.
사 령	(사이) 가만 있자, 지금 이 말이 나를 위해서 하는 말인가? 저 광 속에 있는 놈을 위해서 하는 말인가? 도무지 알 수가 없군.
마누라	아무려나, 타계에서 온 사람하고 술 한 잔 나누면서 이 얘기 저 얘기 하는 것은 흥미 있는 일 아니오, 오라버니?
사 령	(관객을 향해) 이것이, 아무래도, 무슨 흉계가 있는가 본데… 에라 모르겠다. 아무튼 술을 먹고 보자.

둘이 같이 흥청거리며 퇴장.

조객과 봉사가 들어온다.

조 객   상주님, 봉사님 모셔 왔습니다.

         가상주 등장.

봉 사   무슨 점을 쳐달라고 바쁜 사람을 와라 가라 하는 거야?

가상주   사자가 왔단 말이에요.

봉 사   배가 고파서 왔겠지, 그래, 사람을 잡아먹었나?

조 객   사람을 잡으러 왔다니까요.

봉 사   그러면, 사자를 잡으면 될 게 아니야?

가상주   그래서 사자를 잡아서 광에 가두었어요.

봉 사   잘했군 그래. (덤벙대며) 그래 사자를 어떻게 잡았어? 누가
         잡았어? 누가? 어떻게…?

가상주   (소리친다) 덤벙대지 좀 말아요.

봉 사   점을 쳐달라며?

가상주   그래요. 그런데 그 사자가 이상한 사자란 말이에요.

봉 사   사자란, 다 그런 거지. 잡았으면 동물원에 보내든가, 잡아
         서, 고기는 약으로 쓰고, 가죽은 벗겨서 옷을 만들어 팔면
         돈 많이 받을 수 있어!

가상주   나, 원, 참. (사자 흉내를 내며) 어흥, 이런 사자가 아니고, 저
         승사자가 왔단 말이에요.

봉 사   (놀라서 눈을 희번덕거리며) 뭣이 저승, 저승사자?

가상주   네.

봉 사   왜 왔대?

가상주   그걸 모르니까 점을 쳐달라는 거죠.

봉 사   그래? 누굴 잡으려고 왔대?

가상주   (신경질적으로) 그걸 모르니까 점을 쳐보자는 거 아녜요? 봉

사님.

봉 사 (맞대꾸하며) 눈 뜬 녀석들이 모르는 것을 봉사가 어떻게 알아?

산받이 그건 맞는 말이야.

가상주 봉사님 잘못 했소… 그래서 놈을 족치면서 물었더니, 대답을 횡설수설해요.

봉 사 (무책임하게) 술이 취했군!

조 객 (소리친다) 맞았어! 술이 취해 있었어.

가상주 아무래도 그놈이 가짜 같단 말이에요. 돈에, 술에, 계집한테까지 눈독을 들이고 있다잖아요.

봉 사 (눈을 끔벅이더니) 가짜 아냐!

일 동 네?

봉 사 진짜야! 진짜 사람 잡는 저승사자야! 요즘 사자는 돈독이 잔뜩 올라서, 돈 쓰면 안 잡아가고, 돈 없으면 영락없이 끌고 간다 말이야.

가상주 그럼 돈 있는 사람은 안 잡아가고?

봉 사 안 잡아가기는… 돈을 벌 줄만 알고 쓸 줄 모르는 사람, 그런 알부자들도 잘 잡혀 가지, 아니 자원해서 사는 놈들도 많아.

가상주 그것은 또 왜 그래요?

봉 사 그것은 말이야, 옛날에는 이승 저승이 거꾸로 되었단 말이야! 이승에서 억울하게 살다 간 사람은 공정한 재판을 거치고 응분의 판결을 받고 부귀영화를 누리는 저승이었는데 말이야, 그런 저승이 지금은 홱 뒤집혀서 돈 없는 사람에게는 이 이승이 훨씬 살기 좋은 세상이 됐단 말야, 악당들이 너무 많이 저승으로 갔거든, 그들이 결탁을 해가지고는….

가상주	봉사님 거짓말도 그렇게 하니까 참말 같네요.
봉 사	참말이야! 요즘 돈이 왜 귀한지 알아? 저승에 갈 때 가져가려고 돈을 채곡채곡 꽁쳐서 숨겨 놓았기 때문이야.
가상주	얼씨구, 봉사님은 저승 가본 것 같구먼.
봉 사	암, 나는 눈 감고 구만 리야.

이때 사령이 술에 취해 고주망태가 된 연기를 하며 나온다.

사 령	어이 취한다. (혀 꼬부라진 소리로) 그런데, 오늘 운수가 어째 이 모양인가. 잡았다간 놓치고, 잡았다간 놓치니, 야 이놈 사자야, 어디 갔어? 이리 나오지 못해? (비틀거리며 봉사에게 다가간다) 여봐! 저승사자 못 봤어? (봉사의 어깨를 친다. 봉사, 놀라서 나자빠진다)
봉 사	(사령의 턱을 두 발 옆차기로 차며) 봉사가 보이냐?

사령이 보기 좋게 나가떨어진다.

가상주	저런 명충이를 봤나, 사령놈이 봉사에게 매를 맞고 다녀? (사령에게) 범인 지키라고 했더니 술독에 빠져 있었단 말이야?
사 령	넙쭉네가 술을 따라 주길래 사자하고 둘이서 몇 잔씩 마셨는데… 깜빡 잠이 들었는가 봐. 그 틈에 없어졌단 말이야.
봉 사	뭣이? 내 마누라는 지금 어디 있나?
사 령	저승사자 따라갔나 봐!
봉 사	뭐야, 아무려나 저승사자는 갔으니, 이제 별탈이야 없겠지. (唱調로) 가면 간다고 말이나 하고 가지. 이다지 무정하게 떠난단 말인가 (믿을 수 없다는 듯) 이럴 수가 없지, 이럴 수가

없어. 여보 마누라. 가려거든 뱃속에 애나 낳아 놓고 가지. 그리 매정하게 간단 말인가. 마누라야 다시 하나 얻으면 되겠지만, 뱃속의 아이는 두고 가야 나는 물론 마누라도 후일 제삿밥을 얻어먹지. (땅을 치며 운다)

가상주 봉사님, 이렇게 울고 있을 것이 아니라 찾아봅시다. 아직 머리는 못 갔을 터이니… 쫓아가서 잡고 통사정이나 한번 해보잔 말이오.

봉 사 (화가 났다) 사정을 해? 내가 왜 사정을 해? 당당히 싸워서 뺏어야지! 자 갑시다. (덤벙대며) 어느 쪽인가? 이쪽? 저쪽?

조 객 저쪽이야.

봉사 지팡이를 휘저으며 무대를 질러 건너가다가 쓰러져 있는 사령에 걸려 넘어진다. 봉사, 깜짝 놀라 엉금엉금 기어서 피했다가

봉 사 지금 내가 걸려 넘어진 게 뭐지? 여보게, 상주! 지금 걸린 게 뭐야? 사자야? (하며 지팡이를 들이대고 때리려 한다)

가상주 봉사님, 그건 사령놈이야. (사령의 엉덩이를 발로 걷어차며) 사령놈아 일어섯! 사자 사냥 나가자.

사 령 사냥? 그것 좋지….

사령, 일어선다. 봉사, 가상주와 함께 사자를 찾으러 나가고, 사령은 뒤를 따르며, 까투리 타령을 부른다. 퇴장. 반대쪽에서 저승 사자와 마누라 춤을 추며 나온다.

마누라 (숨을 헐떡이며) 여보시오, 저승 오라버니 좀 쉬어 갑시다.

사 자 (짜증을 내며) 따라오지도 못할 것을 왜 나서? 나서기는?

마누라 뱃속에 애만 아니면 당신을 업고 뛸 수도 있어.

사 자 그래서, 내가 뭐랬어? 이 다음 기회에 보자고 했잖어?

마누라 여보시오 저승 오라버니, 그런 섭섭한 말 하지 마오. 술 갖다 줘, 광문 열어 줬는데 이제 와서 트집이오? 그러면 못써요. 사내가 한번 입 밖으로 말을 냈으면 하늘이 두 쪼각이 나도 지켜야지.

사 자 내가 언제 안 지킨댔어? 따라오지를 못하니까 하는 말이지.

마누라 (갑자기 훌쩍거리며) 아이고 원통해라, 어쩌다가 계집년으로 태어나서, 사내들에게 구박만 받는 것이냐? 사내들은 모두가 한통속이지, 고대광실 지어 주고, 수정 구슬로 발을 엮어, 문 앞에 드리우고 원앙금침, 녹의홍상, 산해진미 먹으면서 천 년 만 년 살자던 때가 조금 전이었는데, 벌써 맘이 변했으니, 이 일을 어쩔거나, 눈먼 영감 버렸으니, 이승에서 살 수 없고, 몸뚱이는 천 근 만 근, 저승에도 갈 수 없고, 이 일을 어쩔거나. (곡할 때처럼 청승을 떨며 운다)

사 자 (난처한 듯) 여보시오 넙쭉네, 이러다가는 저들에게 잡히기 딱 좋으니, 어서 떠납시다. 저기 봉사 영감이 오고 있어요.

마누라 (봉사 소리에 놀라서, 다급한 목소리로) 어디요? (사자가 가리키는 곳을 보더니) 아이구 큰일났네, 이제 나는 죽는구나!

이때 봉사가 땅에 코를 대고 벌름거리며 들어온다.

봉 사 이쪽에서 마누라 냄새가 나는데…? (소리친다) 여보 마누라 — 마누라—.

마누라 (다급한 목소리로) 여보시오, 저승 오라버니, 저 영감이 우리를 발견한 것 같소.

사 자	성한 눈 하나 없는 영감을 뭘 그리 겁을 내?
마누라	우리 영감은 눈은 청맹과니지만 코치가 빠르단 말이오.
사 자	코치라니?
마누라	냄새를 잘 맡는단 말이요. 십 리 밖에서도 알아내요.
사 자	가까이 오면 결박을 해서 시궁창에 집어 처넣고 가면 되지.
마누라	그럴 수야 있수? 그래도 이승에서 살던 정을 생각해서.
봉 사	(코를 벌름, 귀를 쫑긋하더니) 저건 마누라 목소리 아냐? 이승에서 살던 정을 생각해서라? 그럼 여기가 저승이란 말인가? (불러 본다) 마누라 — 마누라 —.
마누라	(괴롭다는 듯) 저승 오라버니! 어떻게 좀 해줘요!
사 자	좋은 수가 있네. 내가 저승 향수를 가져왔는데 그걸 뿌려 놓으면 다른 냄새를 못 맡게 된다 이 말이야.
마누라	그럼 어서 그렇게라도 해보슈!

사자, 허리에 차고 있던 농약 분무기를 들고 가만가만 봉사에게 다가가, 봉사 코 밑에 슬쩍 들이 대고 뿜는다.

봉 사	(냄새를 맡더니, 황홀해지는 듯) 히얏, 그 냄새 좋다. 이것이 분 냄샌가? 머릿기름 냄샌가? 어여쁜 선녀들이, 분단장 곱게 하고 나를 반겨 찾아왔나? 내가 벌써 신선 되어, 무릉도원에 찾아들었나? 이런 좋은 경지를 마누라하고 함께 보았으면 오죽이나 좋을까? (울며) 마누라 —.
사 자	됐지? 이젠 다른 냄새는 못 맡아.
마누라	냄새는 못 맡는다지만 귀는 어쩌지요? 아까도 내 목소리를 들었다고 하지 않았어요? 눈이 멀었으니 귀가 밝거든요.
사 자	그래? 그런 것쯤 문제없지, 내가 저승 음률을 들려주면 다

른 소리는 못 듣게 돼.

마누라   그럼, 그렇게 해줘요! (사자, 목에 걸었던 방울을 봉사 귀에 대고 흔든다)

봉 사   히얏, 그 소리 아름답고도 흥겹다. 신선들이 굿판을 벌인 모양이니 나도 한번 신명대로 놀아 보자, (방울소리에 맞추어 춤을 춘다) 얼쑤, 좋다.

사 자   이제 됐지?

마누라   하지만, 또 한 가지.

사 자   또 있어? 무슨 조건이 이리 많아?

마누라   (슬픈 표정을 지으며) 저 목소리, 저 신명 있는 목소리를 들으면, 자꾸 마음이 약해진단 말이에요. 옛날 생각이 나서 저 영감한테 달려가고 싶어진단 말이에요.

사 자   (후회스럽다는 듯 성질을 부리며) 그것 참, 부탁도 많네. 나중에는 저 영감 토막 내달라고 하지 않을까?

봉 사   (혼자 히죽히죽 웃으며) 참 우리 마누라 열녀로다. 마누라 덕분에 이런 호강을 해보니. (다시 울며) 마누라 — 마누라 — 이런 좋은 풍류도 모르고 살다가 갔으니 그 얼마나 한이 되겠소?

마누라   저 소리, 저 목소리가 물귀신처럼 나를 끌어당겨요.

사 자   아이고 귀찮어. 이승 것들은 뭔가 새 것 맛을 뵈주면 거머리같이 달려든다 말이야. 주면 줄수록 양양이야. 빌어먹을 것들 돈 좀 벌어 볼까 하고 왔다가 이게 무슨 낭비야… 젠장, (마누라에게) 정 저 소리가 듣기 싫으면 싫으면 말이야? 내가 저 영감한테 저승 노래를 한 곡조 가르쳐 주지, 이것만 배우면 딴 말은 재미없어 안 하게 돼.

마누라   그래요? 그럼 나부터 배웁시다.

산받이　저런 속창알 없는 여편네 같으니….

사　자　내가 선창을 할 테니 영감, 마누라가 합창을 해!

　　　사자, 귀신 나올 소리 같기도 하고, 도깨비 방망이질 소리 같기도 한 기괴한 소리를 낸다.

사　자　기기 끼끼 기개야.

봉사·마누라　기기 끼끼 기개야.

사　자　찡찡 쨍쨍 찡쨍찡.

봉사·마누라　찡찡 쨍쨍 찡쨍찡.

사　자　쌰쌰 씽씽 쌰 씽쏭.

봉사·마누라　쌰쌰 씽씽 쌰 씽쏭.

사　자　아아 힛힛 쿡쿡쿡.

봉사·마누라　아아 힛힛 쿡쿡쿡.

사　자　땅탕 퉁탕 와땅탕.

봉사·마누라　땅탕 퉁탕 와땅탕.

　　　이런 식의 기괴한 노래를 하는 동안 사자는 방울로 장단을 치고, 봉사는 자기 북을 두드리고, 마누라까지 한 덩어리가 되어 축제를 하는 듯, 짐승들이 포효하듯, 광적인 분위기가 된다.
　　　기계소리, 거리의 소음, 비명 소리 등 각종의 소리들이 뒤범벅이 되어 울려 퍼진다. 봉사는 저승사자에게서 배운 것을 순서대로 열심히, 그리고 신명이 나서 되풀이한다. 이 장면은 물론 희화적으로 연출하되, 잔인성과 처절함이 심층에 흐르게 해야 한다. 봉사는 차차 지치고 분별력을 잃게 되고 장단, 노래, 동작이 해체된 생명체처럼 각기 놀게 되어 실성한 사람처럼 보인다.

이러한 동안, 가상주와 술취한 사령, 조객 등이 그 리듬에 감염되어 해괴한 축제를 이루게 된다.

사 자   (관객에게) 이만했으면, 저 영감은 물론 다른 녀석들도, 이목구비가 마비되어 제 구실을 하기는 틀렸지요? 그래서 교육에는 풍토가 중요하고, 분위기가 중요하고, 스승의 자질이 중요하다는 것 아닙니까? 이제 저들은 길들여졌습니다. 가만 놔두어도 한동안은 길들여진 행동만을 되풀이하게 됩니다. 저승 관습에 젖게 되는 것이지요. 생물들은 단 한번 어떤 조건에 순응하기 시작하면, 그것이 순리요, 질서인 양, 그리고 그것만이 최선의 방법인 양, 길들여진 궤도를, 의지나 분별력 따위를 저버린 채 습관적으로 행동하게 되는 것이죠.

봉사는 얼굴에 땀을 흘려 가며, 점점 기진맥진. 이때 갑자기 비명소리가 들린다. 그 소리는 마누라의 목소리다. 그녀도 얼굴을 이지러뜨리고, 이를 악물고, 고통을 견디고 있다. 산기가 있는 것이다. 순간, 분위기는 칼로 찌른 듯 정적으로 변한다. 모든 사람의 동작, 음향이 동시에 멎는다. 다만 신음소리, 살 맞은 짐승의 신음소리 같은 소리만이 들린다. 마누라는 배를 움켜쥐고, 몸을 비틀고, 손톱으로 마루를 쥐어뜯으며 진통을 겪는다.

마누라   아이고 배야, 아버지, 어머니, 아이고 배야!
일 동   이것이 웬 소린가? 살인이 벌어졌나?
산받이   저 마누라가 애기를 낳는가 봐.
마누라   아이고 배야, 배가 아퍼요. 영감, 날 좀 잡아 주우 ─ 아이고 배야—.

이 소리는 뇌성보다 더 충격적인 음향으로 들린다.

가상주 (입을 연다) 산기가 있는 모양이군. (쓰러진 봉사를 흔들어 깨우며) 이봐요! 봉사님 해산이요… 영감네 아이가 태어난단 말이오! 정신 차려요!

봉 사 (중얼거린다) 기기 끼기 기개야—.

봉사는 기운이 쇠잔하여 움직일 기운도, 관심도 없다는 식의 거동이다. 마누라의 산고는 주기가 빨라지며 점점 심해 간다.
아쟁 소리가 폐부를 가르는 듯 길고 아프게 들린다. 대금 소리가 그 아픔을 간간이 자극하고, 타악기 소리가 스며들어 그 아픔을 고조시킨다. 분위기는 살벌하고 처절하고 엄숙해진다. 음률이 점차 고조될 때 사령이 소리친다.

사 령 약을 먹였어! (사자를 가리키며) 저놈이 약을 먹였어.

봉사를 제외한 다른 인물들, 저승사자에게 적의 가득 찬 시선을 보낸다. 저승사자는 당황하기 시작한다. 그는 위험을 느끼고, 두 손의 철퇴를 힘껏 쥐고 경계한다. 장단은 활기 넘치는 가락으로 바뀐다. 사령과 가상주, 조객이 몸을 추썩이며, 저승사자와 대결하기 시작한다. 저승사자와 마을 사람들의 투쟁이 시작된다.
고통과 분노가 섞인 마누라의 비명이 이들의 대결에 박차를 가한다. 저승사자와 세 사람과의 투쟁이 고조되고, 장단은 힘과 흥미를 돋운다. 한참 동안 계속. 봉사는 장단소리에 힘을 얻은 듯, 손발을 움직이기 시작하고, 점차 고갯짓, 몸통 움직임.

지팡이를 찾아 쥐고, 일어서려고 안간힘을 쓴다.

마누라의 진통소리.

가슴에 불을 지피는 듯한 굿가락 소리.

봉사와 저승사자 간의 긴장된 대결, 철퇴와 지팡이의 엇갈림. 봉사는 적을 보는 듯, 정확하게 공격한다.

마누라　(두 주먹을 불끈 쥐고 몸부림치며) 영감! 영감!

그 소리에 봉사는 힘을 얻은 듯 사력을 다해서 저승사자와 싸운다. 일진일퇴의 대결. 나머지 사람들, 봉사를 응원한다. 몇 차례의 위기를 맞는 봉사. 결국, 봉사와 합세하며 공격하는 가상주, 사령, 조객의 힘에 밀려 저승사자는 쫓겨나고 만다.

일 동　(두 손을 높이 치켜들며 환호) 이겼다. 헤에—헤에—나—헤에이야.

모두들 승리감을 누르지 못하고 얼싸안고 춤을 춘다. 가상주와 사령, 조객은 三人馬를 만들어 봉사를 태우고 개선행진을 한다. 대조적으로 마누라 혼자만 외롭게 산고를 치르고 있다.

마누라　(고통스런 목소리로) 영감! 영감!

졸지에 개선장군 대접을 받던 봉사, 그 소리를 듣고, 정신이 든다.

봉 사　이게 무슨 소리야?

가상주	마나님의 목소리요.
봉 사	마나님이 어디 있어?
가상주	지금 산고를 치르고 있소!
봉 사	산고가 뭐야?
사 령	해산을 한단 말이오.
봉 사	해산이 뭐야? 누가 누구를? 적병들을 해산시키나?
가상주	(힘을 주어서 말한다) 아이를 낳는단 말이오!
봉 사	(비로소 제정신이 든 듯) 아이? 아이라구? 내려, 내려! (말에서 내려오며) 어디 있어? 마누라, 마누라!
마누라	영감! 영감!

봉사, 비척거리며 마누라 있는 데로 가서, 그녀의 손을 더듬어 잡는다.

봉 사	마누라!
마누라	영감! 어디를 갔다가 이제사 오슈! 아이고 배야!
봉 사	애를 낳는 거야? 자 집으로 갑시다. 이 더러운 저승에서 애를 낳아서야 되겠어? 어서 이승으로 갑시다.
가상주	(웃으며) 저승은 웬 저승이요? 여기가 이승이란 말이에요.
봉 사	여기가 이승이야? 난 또···.
가상주	눈은 감아 봐야 알아··· 봉사님, 경을 읽어야지.
봉 사	그렇지, 여보게! 경 읽게 북 좀 갖다 주게.

사령, 봉사에게 북을 준다. 봉사는 북을 두 무릎 사이에 끼고 앉아 두드리며 경을 읽는다.

봉 사　　홀애비 죽어 원한귀야, 총각 죽어 몽달귀야 너도 먹고 물러
　　　　　가라, 섣달 죽어 노망귀야, 과부 죽어 한 식귀야, 너도 먹고
　　　　　물러가라, 신통, 방통, 해산통, 밥통, 똥통, 오줌통, 배통, 북
　　　　　통, 장구통, 복통, 요통, 옆구리통, 신통, 팔통, 퉁 터져서,
　　　　　옥동자를 쑥 내주소,
　　　　　잠잘 때는 반듯 눕고
　　　　　사악한 것 보지 않고
　　　　　고른 자리 찾아 앉고
　　　　　음한 소리 듣지 않고
　　　　　삼가하고 조심했으니
　　　　　아들이면 정승감
　　　　　딸이면은 정경부인
　　　　　그 아이 수이 낳아
　　　　　무럭무럭 자랄 적에
　　　　　너그럽고 부드럽게
　　　　　자상하고 지혜롭게
　　　　　잘 먹이고 잘 길러서
　　　　　눈망울은 수정같이
　　　　　마음은 하해같이
　　　　　기운은 철퇴같이
　　　　　재조는 조물주같이
　　　　　훌륭하게 길러 내어
　　　　　그른 일 바로잡고
　　　　　바른 길로 키우리다.
　　　　　두리둥, 두리둥―.

가상주, 사령, 조객 등이 비는 가운데, 드디어 아기의 울음소리
터져나온다.
봉사와 마누라를 제외한 사람들 환성을 지른다.

일 동   애기 낳았네!

봉사는 돌부처처럼 앉아 있다. 마누라는 갓난아이를 표징하는 어
떤 물건을 품에 안고 일어선다.

가상주   (소리) 이 소리가 무슨 소리. 천지개벽하는 소리로구나.
일 동   둥개둥개 두둥개야. 둥개둥개 두둥개야ㅡ.
사 령   이 소리가 무슨 소리 맑은 샘이 터지는 소리로다.
일 동   둥개둥개 두둥개야ㅡ.
조 객   이 소리가 무슨 소리 영웅호걸 호령소리로다.
일 동   둥개둥개 두둥개야ㅡ.

마누라, 소리 장단에 맞추어 애기를 어르면서 다음 소리를 선창
한다.

마누라   네가 어찌 태어났느냐. 천지조화로 태어났지.
일 동   둥개둥개 두둥개야.
마누라   네가 어찌 자라겠느냐. 사람 덕에 자라나지.
일 동   둥개둥개 두둥개야ㅡ.
마누라   너는 어찌 살아가랴. 서로 돕고 살아야지.
일 동   둥개둥개 두둥개야ㅡ.
마누라   바른 세상 만들면은 옳은 인생 살게 되고,

일 동	둥개둥개 두둥개야ㅡ.
마누라	그른 세상 만들면은 네 인생도 잘못된다.
일 동	둥개둥개 두둥개야ㅡ.

이때 봉사가 일어서며 소리를 받는다.

봉 사	우리 인생 태어나기 몇 만 년이 되었던고.
일 동	둥개둥개 두둥개야ㅡ.
봉 사	가고오고 오고가고 다시 낳기 몇 번이냐.
일 동	둥개둥개 두둥개야ㅡ.
봉 사	둥개소리 듣던 때가 엊그제 같건마는,
일 동	둥개둥개 두둥개야ㅡ.
봉 사	헤어질 날 되었구나. 나는 간다. 잘 있거라.
일 동	둥개둥개 두둥개야ㅡ.
봉 사	아가아가 우지 마라. 이 세상은 네 세상이란다.
일 동	둥개둥개 두둥개야ㅡ.

봉사, 갑자기 돌던 팽이 쓰러지듯 나둥그러져 죽었다는 동작을 한다.

사 령	봉사님이 돌아가셨소!
가상주	(상주와 조객들을 향해) 자, 이제 다시라기는 끝이 났소.

봉사는 연기를 끝내고, 옷을 툭툭 털면서 일어선다.

가상주	이제 날이 밝아 오니 고인에게 예를 올리고 상여소리나 맞

추어 봅시다.

일동, 제상 앞에 선다. 상주는 이 연극 처음에 했던 것과 똑같이 곡을 시작하고, 다시라기꾼들도 정중하게 예를 갖추어 곡을 하기 시작한다. 분향을 하고 절을 하고 어느 사이엔가, 퉁소소리가 스며든다. 다시라기꾼들 평상복 차림에, 건을 쓰고 행전 치고 두 줄로 서서 흰 천을 대용하여 상여놀이를 하며 만가를 부른다.
일동 상여를 메고 일어서고, 상여 절을 시키고 한 걸음 두 걸음 앞으로 나아갔다가 다시 물러섰다가, 마당을 돌며 설렁거린다.
다시라기의 자유분방하고 신명 있던 판은 아름답게 정돈되어 삶의 새로운 질서를 이룬 듯한 느낌을 주면서 서서히 불빛이 꺼져 간다.

— 막.

'다시라기'는 우리나라 남단에 위치한 전라남도 진도에 지금부터 50
여 년 전까지 전래하여 오던 장례 풍속 중의 하나로서 출상 전날 밤, 밤
새움을 하면서 노는 익살스러운 놀이의 이름이다.

진도 지방에서는 '다시라기', '영산다시래기' 등의 장례 과정에 노는
놀이가 있는데, 그 공통점은 출상 전날 밤, 온 마을 사람들이 상가에 모
여 노래, 춤, 재담으로 슬프고 괴롭고 측은한 밤을 웃음과 멋과 흥겨운
가락으로 보내는 통과의식의 하나라는 점이다.

대개의 통과의식이 고통스러운 절차를 밟는 데 반해 '다시라기'는 가
장 고통스러운 상황에서 파격적인 우스갯짓을 함으로써 슬픔의 장을 웃
음의 바다로 바꾸어 놓는 것이 특징이다.

사실, 우리 인간들은 원시 시대로부터 현대에 이르기까지 삶의 원초
적 고통을 극복하려는 노력을 끊임없이 해왔다.

나무꾼의 산타령, 가난한 어부들의 뱃노래, 논 김매는 소리, 장사꾼
들의 정감 어린 소리 가락, 군대의 행진곡, 만가, 달구질 소리 등 슬픔과
고통, 불안과 공포를 놀이와 노랫가락과 춤으로 극복하고 중화시키는
지혜를 발휘해 왔다.

어떤 이는 이러한 행위를 예술의지의 발로라고 정의하기도 하고, 인
간의 유희본능의 소산이라고 말하기도 하지만, 어쨌든 그러한 행위는
오랜 전통으로 이어진 삶의 의지이며, 삶의 지혜임에 틀림없다.

극단 민예극장은 창단 이래 우리 선조가 이루어 놓은 갖가지 연극적

유산을 토대로 한 이 시대의 우리의 독창적 연극을 정립하는 작업을 해 왔다.

그리고 금년도 연구사업의 하나로서 우리 민족의 생활풍습 속에 담겨 있는 연극적 요소를 발굴하여 우리의 현대극으로 창조하는 첫 번째 시도로서 '다시라기'를 발표하는 것이다.

'다시라기'의 말뜻은 다시 낳는 아기, 다시 태어나는 아기 등으로 풀이되기도 하지만 진도지방 사람들은 놀이의 내용보다는 연희 형태로 파악하고 있었던 것 같다.

진도에 '다시라기'라는 놀이가 있다는 말을 처음 들었을 때, 상가에서 희극적인 놀이가 연희되었다는 데 놀랐다. 침울하고 비감 어린 상가에서 특히 죽음 앞에서 어떻게 희극이 연출될 수 있겠는가?라는 의문이 생기기도 했으나, 내 어린 시절, 상가에서 들리던 웃음소리, 죄수들의 히히덕거리는 소리, 전장에서 잠깐 동안의 휴식 시간을 농담, 음담패설은 물론 심지어 처참하기만 한 죽음까지 희화하는 그 익살스런 소리들이 머리에 떠오르면서 '다시라기' 놀이가 가능했다고 생각했다. 그러한 행위야말로 자신의 삶을 확인하는 길이며, 동료들에게 유가족들에게 삶의 의욕을 불러일으켜 주는 훌륭한 묘약이 될 수 있을 것이라는 생각이 들었다.

다시 말하면 '다시라기' 놀이는 슬픔과 절망이라는 홍수에 대한 적극적인 저지 수단이며, 그렇게 함으로써 정서의 균형을 되찾고, 삶의 의지를 되살리는 활력소적 역할을 하는 것이라 믿는 것이다.

오늘 이 시대의 인간들이 느끼고 있는 절망과 불안, 불신과 허무를 어

떻게 극복할 수 있을까? 특히 이런 상황에서 연극이 담당해야 할 순수한 역할을 무엇일까?

'다시라기' 공연을 통해서 그러한 문제 해결의 싹이 보였으면 하는 마음 간절하다.

광대가
(열두 거리)

허규 연출
1979.3.22–26/국립극장 대극장

나오는 사람들

초란이

진채선

신재효

화랭이

김씨(신재효 부인)

말뚝이

각설이 1, 2

화적

금부도사

옥졸

악사

— 대금

— 아쟁

— 사물

때 : 1870년

곳 : 신재효 집

     산 속

     옥방

     운현궁

첫째 거리

초란이 앙증스런 장고 또는 북을 걸머메고 등장.

초란이 (주위를 둘러보고) 정작 굿할 놈은 안 뵈고 떡 먹을 양반들만
모였구나.
굿은 어찌 됐던 떡값은 많겠네. 그나저나 오늘 굿은 비 맞은
베잠뱅이 꼴이 십상이구나.
온통 빤지르르한 거시기들 투성이니 흥이 날까? (관객에게)
굿 구경 좋아해요? 굿판 자주 가봤수?··· 굿 구경 어찌 하는
지 알아요?

관 객 굿이나 보고 떡이나 먹는 거지.

초란이 굿이나 떡이나가 아니고 굿 구경하고 굿 덕이나 보자라고
하는 것이지라우. (다른 관객에게) "얼씨구" 알아요?

관 객 얼씨구 좋다 그러는 거지요.

초란이 다르지.
"얼씨구"하구 "좋다"는 맛이 달라.
좋을 맛을 향해 힘주어 올라갈 때 "얼씨구."
그 고개 넘어 내려올 때 (황홀경에 빠진 말투로) "좋다."

고 수 추임새를 말로 일러 준다고 아나요? 한번 해보라고 해요.

초란이 산에 가야 범을 잡고 부뚜막에 소금도 넣어야 맛나고
오뉴월 복중에 썩은 홍어회도 먹어 봐야 맛을 알고
백 번 듣는 것이 한 번 보는 것만 못하고
백 번 보는 것이 한 번 하는 것과 같지 않으니

추임새를 한번 해보는디 (관객 전체에게)

추임새라는 것이 꼭 음양조화 남녀 간 사랑 같아서

가락과 추임새가 짝이 맞아야 되는 법이여

한쪽이 느려지면 힘 빠지고 성급하면 맥 빠지고

디딜방아 혼자 놀면 싱거웁고

가락 사이 구멍 찾아 때맞추어 주고받기

번개 치고 천둥소리 나듯

의좋게 맞그네 뛰듯 던져 줬다 잡아 주기

받쳐 주고 눌러 주기 몰아 쳤다 풀어 주기

같이 웃고 같이 울기 천변만화 세상사를

함께 즐겨 보는 것이렸다.

고 수   (합창) 얼씨구.

초란이   (악사들을 가리키며) 저렇게 하는 것이여.

한번 해볼까.

"얼씨구."

관 객   얼씨구.

관객들이 제 맛을 낼 때까지 되풀이한다.

초란이   "얼씨구" 올라갔으면 내려와야지 "좋다."

관 객   좋다.

초란이   신통방통 꼬부랑통이네.

자 이제 곧 금방 당장 즉시에 소리극 '화랭이딸' 이라는 굿

을 시작할 모양인데

어디서부터 시작을 해야 할지 모르겠네.

각설하고 아무튼

'화랭이' 딸이 우리나라에서 맨 처음으로 판소리 명창 되는
애기다 이 말씀여.
'화랭이' 가 뭔지 아시는 분. (관객과 즉흥 문답)
화랭이란 화랑도가 화랭이로 불려진 것으로
천여 년 뿌리를 가진 우리의 예술 기능을 전수받은 명인을
지칭하는 것이며
구체적으로 말하면 세습무 집안 당굴레 당골 집안에
대를 이어 오는 가장이며
큰 굿을 총괄하는 자이며
화려한 옷을 입은 탁월한 소리꾼이며 춤꾼
훌륭한 바리지 고인 등 팔방미인 격 전천후 만능의 예술가
시쳇말로 탈렌트라고 이해하면 될 것이구면요.

지금으로부터 100년도 훨씬 전에 어느 화랭이 딸이 하나 있
었는데
그 애기가 장차 명창이 될 팔자를 타고났던가 봅니다그려
동당동. (북을 친다)

둘째 거리

산속

동굴 앞

폭포 쏟아져 내리는 소리

이따금 산새소리

굴속에서

소리하는 여자 목소리

판소리 어느 대목인가 되풀이

소리목을 찾고 있다.

큰 나무토막을 북채로 두드리며 장단 맞추는 소리

뜻대로 목이 되지 않는 듯

동굴 옆 높은 바위

송락 눌러 쓴 누더기 차림의 사나이

소리 나는 쪽을 훔쳐본다.

지칠 줄 모르고 맘에 드는 목을 찾는 여자의 소리

기다리는 사나이

소리 그치고

남루한 차림의 처녀 굴에서 나온다.

속살이 드러나도록 풀어 헤친 옷섶

들짐승 같은 모양새

모처럼 굴 밖으로 나온 듯

심호흡

소리를 질러 본다.

사나이를 발견하고 몸을 움츠린다.

진채선   뉘시오?

화랭이   저 위 암자에 있는 사람이다.

진채선   여긴 무슨 일로.

화랭이   (미소하며) 내가 할 말을 먼저 하는구먼. 주인마냥. 굴 주인
              이 나다.

진채선   이토록 깊은 산 숨은 굴도 임자가 있소.

화랭이   세상 만물 주인 없는 것이 있냐?

              하늘 별 달 물 바위.

              이 땅도 동굴도 모두가 주인이 있는 법이다.

진채선   모르겠구만요 이 굴 임자가 있다니요.

              저더러 어쩌란 말씀이오.

화랭이   어쩌구 저쩌란 말이 아니오. 손님 도리를 하라는 얘기지.

진채선   (깊이 고개 숙여 인사하고) 소리 공부하러 전라도 무장서 온
              언남이오.

              쫓아내지 않으시면 예서 공부나 더 하려오.

화랭이   이 산중에 누구에게 배우려고?

진채선   혼자 해보는 거지라우.

화랭이   혼자라. (웃는다)

진채선   아버지 소리를 배우는구먼요.

화랭이   아버지?

진채선   소리를 찾아 드리려구요.

화랭이   아버지 어디 계신데?

진채선   알 길이 없어요.

화랭이   어머니는.

진채선	알 길이 없어요.
화랭이	모르다니.
진채선	숨어 다니는 처지이니 소식 알 길 있는감요?
	소리나 실컷 부르다 죽든지 말든지.
	될 대로 되라 하고 이렇게 지내지라우.
화랭이	그러다가 호랑이 밥이나 되려구?
진채선	팔자소관 죄 많은 기집이 무엇을 바라겠어라우.
화랭이	무슨 죄를 지었나?
진채선	관기 줄행랑은 죽을죄지 무엇이오.
화랭이	자네 어머니가 당골 아니신가 전라도 무장당골네?
진채선	그걸 어찌. (화랭이를 유심히 본다)
화랭이	(외면하며) 몇 년 전 굿판에서 애기의 소리 하도 좋아.
	저런 딸 하나 있었으면 했지.
	처녀가 다 됐구먼….
진채선	(사이) 좋았지요. 그때가 천석꾼 만석꾼 사랑에 아버지 따라
	불려 가서 며칠씩 놀음 놀 때 고운 옷 좋은 음식.
	소리 한 자락에 어르신들 무릎 치고 끄덕이면 재미가 났었
	죠.
화랭이	정 소리꾼이 될 양이면 산중 짐승처럼 울부짖는 게 아니야.
	(사이) 세상으로 나가 내 이르는 대로 하겠소?
진채선	(힘없이) 일러 주세요.
화랭이	(보퉁이를 던져 주며) 그 옷 갈아입고 전라도 고창읍에 동리
	선생을 찾아가라.
진채선	동리 선생?
화랭이	고창 읍내 홍문 거리에 사는 신재효 호장.
진채선	여자도 소릴 가르쳐 주는감요?

화랭이   남자 노릇을 해.

지금 한양에는 경복궁 대궐을 다시 짓는다고 온 나라 각처 사람들이 먹구름처럼 몰려들어 부역을 하는데 그 중에는 내 로라하는 재인, 광대, 창우들이 다 모여 있어 매일 장창 굿 판이 벌어지고 있어.

소리 잘해 지체 높은 나리들 눈에 띄면 팔자를 고치는 수도 있지.

혹이나 대원이 대감 눈에라도 들면 그땐 덩을 타게 될지도 모를 일이고 그렇게 되면 이런 시골구석에서 무질 살다 죽 는 것이 아니라.

진채선   (생각한다) 댁은 뉘길래 한양 일을 속속들이 잘 알구 있소?

화랭이   나? 지리산 홍 처사!

신 선생한테 갈 테냐? 뜻이 없으면 고만두고

풍각쟁이 각설이도 선생을 잘 만나야 밥벌이가 잘되는 법 이야.

화랭이 안개처럼 사라진다.

진채선 무엇에 홀렸다 깨어난 듯

둘러보다 옷보퉁이 집어 들고 나간다.

셋째 거리

초란이 부추를 늘어놓으며 촐랑댄다.

초란이　예 돌아왔소 돌아왔소.
　　　　구름 같은 동네에 신선 같은 나그네 왔소.
　　　　퉤—옥 같은 입에서 구슬 같은 말이 쏙쏙 튀어나온당께
　　　　퉤—이 개야 짖지 마라.
　　　　낯은 안 씻어 눈곱이 다닥다닥 코딱지는 주렁주렁
　　　　나를 보고 짖지 말고 네 할애비 보고 짖어라 퉤—.
　　　　당동당 퉤—.
　　　　(창) 소리 잘하는 사람 먹여 주고 재워 주며
　　　　소리 공부시켜서 명창 광대 만들어 준다니
　　　　어서 오소. 어서 오소. 구성 있는 사람 어서 오소.
　　　　부추 사려! 부추 사려!
　　　　오이속배기 열무김치 부추 잼병 부추 짱아치 입맛을 돋아
　　　　주는 부추요.

각설이패 2명이 들이닥친다.

각설이　부추장수 치고는 제법 말씨가 점잖으시네그려
　　　　오라는 덴 없어도 갈 곳이 방방곡곡인데
　　　　자 우리도 어서 시작하드라고—.
　　　　(목청을 돋우어서 둘이 합창을 한다)

앉아 본다 안성장 고개 아파 못 보고
입이 크다 대구장 무서워서 못 보고
매콤하다 고창장 뱅뱅 돌아 못 보고
짚신 엮어 한양 천 리 물어물어 갔더니
하마 크다 서울장 다리가 아파 못 보고
경복궁터 돌짐장 허리 아파 못 보고
팔도 광대 소리장 재주 모자라 쫓겨 와
고창 읍내 홍문거리 신 선생 댁을 찾소이다.

초란이 그 댁을 어째 찾는가?

각설이 소리 공부 좀 해볼려구라우.

초란이 소리 공부해서 뭣 할려구?

각설이 소문을 못 들었나? 소문도 못 들었어?

초란이 소문 소문 무슨 소문.

각설이 경복궁 소문.

초란이 볼기 맞을 일 있나?

각설이 그게 아니구 경복궁 짓는 소문.

초란이 댁들이 목수라도 된단 말이여?

각설이 목수만 대궐 짓나? 들어나 보아라.
임진 병자 불타 버려 폐허 된 경복궁
대궐을 복구하자니 온갖 사람 다 모인다.
동네동네 패를 짜고 가가호호 원납한다.
양주 고양 왔다더니 여주 이천 들어온다.
곳곳을 새로 맡아 어여차 하는 소리.
밥고리 떡고리에 오색 갖은 술항아리.
우리나라 어진 바람 사 면으로 불어오네.
승정원 상의원 예문과 홍문관 방방이 찾아내어

처처를 개척하니 상하귀천 다 모인다. 형형색색 우습더라.

화랭이 춤거동과 주정꾼의 미친 거동 제기 차고 노는 거동

잡가 타령 뛰는 거동 터 닦을 때 지정 소리 성 쌓을 때 회군 소리.

사 방 팔 면 중광대는 천태만상 요지구경 온갖 사람 다 모 인다.

광대패 들어오니 꽹과리도 무수하고 각처 악공 들어오니 피 리 대금 북장구

선소리 두 사람이 뛰놀며 소리하네. 경복궁 고쳐 지어 우리 나라 태평하고

석가 세손이 나서 억만 년 무강하면 그 아니 좋을씨구.

이 같은 큰 역사를 돈으로 하여 내며 밥으로 지어 낼까.

얼씨구나 절씨구 품바 자리한다.

초란이 그렇다면 진즉에 이 어르신께 물어야지 웬 재담이 그리 긴 가.

이 길로 쭉 따라가다가 왼쪽을 살펴보면 시냇가에 큼직한 전후퇴 겹집이 있소.

각설이 두루루 하고 건너간다 찔룩찔룩 건너간다.

각설이 들어가고 남장한 진채선이 나온다.

진채선 말 좀 물어 봅시다.

초란이 물어 보시오. 아프지 않게.

진채선 고창 읍내 동리 신재효 선생 댁이 어디쯤 있소?

초란이 고창 읍내 홍문거리 두충나무 무지개문 ─. (읊조리다 진채선 을 요리조리 살펴본다)

그 집은 왜 찾소?

진채선 소리 배우려고.

초란이 무슨 소리.

진채선 광대 소리.

초란이 줄광대 판줄소리 솟대쟁이 고사소리 당굴레 어정소리 사당
패 나니노 소리.

남사당패 떼루떼루 소리 또랑광대 시궁창 소리 주막집 큰애
기 육자배기 흥타령.

동편제 서편제 중고제 덜렁제 경드름 메나리 노랑목 외가리
성음

우조 평조 계면조… 무슨 소리 배우려고?

진채선 … 판소리하려고요.

초란이 판소리? 판소리라고 했나 시방?

진채선 판소리.

초란이 신통방통 꼬부랑통이네… 판소리라고? 헤헤… 그 젖비린내
나는 목소리로 판소리를 하겠다고? 노랑 내가 나네 — 툇툇.

진채선 노랑 내라니요.

초란이 싹수가 노랗다 이 말이야.

진채선 길이나 일러 주시오.

초란이 일러 주긴 일러 준다마는 가봐야 낙동강 오리알 신세.

이 길로 쭉 가다가 시냇가 왼쪽에 큼직한 전후퇴 겹집이 바
로 신호장 댁이오.

진채선 고맙습니다.

진채선 들어가고 초란이 북을 둘러메고 일어서 엉덩짝을 툭툭 털며

초란이 자 오늘은 이만 파장해야겠다. 가만 있자 (손가락을 꼽아 보며) 오늘도 벌써 몇 패야? 짠지패 날탕패 또랑광대 솟대쟁이 풍각쟁이 탈광대 산이 찰산이

각설이 애승이… 열다섯? 열여섯? (관객에게) 매일 장창 하루 종일 웅덩짝 방뎅이 궁둥이 볼기짝을 땅에 붙이고 않았자니 사타구니에 땀띠가 나서 짓물러 터져 쓰라리고 아려서 아리아리 쓰리쓰리 아라리가 났네 그려. (나간다)

넷째 거리

사랑채 마루 앞.

각설이패를 비롯한 광대 창우 재인들이 밀거니 제치거니 모여 있고, 초란이가 그들을 정리하느라 땀을 흘리고 있다.

각설이 이 잡것들아 쪼게 밀지 말드라고.

말뚝이 이놈아 내가 밀었냐? 뒤에서 자꾸 밀어 싸니까 나도 밀리는 거지. 그런디 무슨 잔치 벌어졌나 웬 사람들이 이리 들끓는 기요?

초란이 개구리 명창대회 나갈 사람들이다.

말뚝이 개구리 명창대회? 그럼 여기 모인 사람들이 개구리란 말인가?

초란이 아니지 올챙이지 이 몸만 개구리구.

재인들 저런 조 주둥아리를 꿰매 버려….

초란이 얌전하게 기다리지 않음 순서고 차례고 없어.
우리 주인 나리 앞에 못 나서게 할 모양이니까 그리 알드라고.

말뚝이 저놈두 종놈 주제에 주인 행세네 그려.

초란이 종? 종이라고 했는감 — 이 댁에는 일꾼은 있어도 종은 없단 말이여.

각설이 그란데 이 댁 신 선생은 언제 돌아오시는 게라우?

초란이 오실 때 되면 오실 거구만.

각설이 명 짧은 놈은 소리 한 자락 하자고 기다리다가 굶어 죽기 마침이겠네.

우선 요기부터 하고 소리를 하면 안 되겠나?

초란이   이 집에서는 공밥은 안 줘.

각설이   (용수철처럼 튕겨 일어서며) 빗자루 어디 있나?

이 말에 다른 사람들 너도 나도 빗자루를 찾는다.

초란이   마당인들 여태 그냥 있을 리 있는감 꼭두새벽에 벌써 누군가 쓸고 갔지.

각설이   여러 말 말고 빗자락이나 내놔 이 넓은 집에 비질할 곳 없을까.

초란이   이 집에 빗자락질하고 밥 먹는 사람 여러 십 명 있구만.

이 댁 주인 나리가 어떻게 부자가 되셨는지 들어 보겠나.

(창) 자수성가 어렵지만 농사밖에 또 있는가.

부산 임야 하야터도 장을 널리 하야 줄줄이 곽목 심어 돈 진 사람 오게 하고

고물고물 채소 놓아 반찬값을 내지 말며 가문 논 높은 논도 거름하면 곡식 되네.

그런 줄을 모르고서 몸 속에 있는 거름 오줌똥을 한데에 보면

옷밥이 어디서 날고 검부럭 지지 말고 그 땅에 가게 하소.

아침마다 뜰을 쓸어 먼지 검불 없게 하고 밤마다 불을 켜고 물레 잣기 벗을 삼소.

이때 신재효가 나와 넓은 자루에 자리를 잡고 앉는다.

신재효   (초란이에게) 차례는 정해 놨는가?

초란이   예 하오나 워낙 잡동사니라 말을 안 들어 먹는당게요.

신재효   자 차례대로 해보시오.

오광대 말뚝이 탈을 쓴 사람이 겅중겅중 걸어 나온다.

말뚝이   (큰 소리로) 제껏대로 나도 나서 보자!
이런 제—길 불고 능각대명을 우글우글 갈임놈들이
근일은 풍잔하야 귀신난목 모아 와서 말 잡아 북 메고
소 잡아 장구 메고 개 잡아 소고 매고 안성맞춤 꽹매 치고
징 치고 새납 불고 떡 치고 술 걸러 음매 깽깽 덩구덩 깽
천지가 진동하니 나도 한번 놀고 가세.

오광대 말뚝이 춤을 추기 시작한다.

일 동   저런 저런— 저 싸가지 없는 놈— 저놈의 탈을 벗겨 뽈따
구가 터지도록 때려서 내쫓아라— 어느 앞이라고 감히—.

말뚝이   마소 마소 그리 마소. 경상도 진주서 온 오광대 말뚝이오.
이 댁을 찾아가면 먹여 준단 소문 듣고
상탕에 목욕하고 중탕에 손발 씻고 칠일제 기하고 불전에
발원하고
정성을 들인 후에 일원산 이강정 삼포주 사법성 두루 돌아
겨우 찾아왔십니더. (다시 춤을 춘다)

일 동   저놈 탈을 벗겨라— 내쫓아라.

극성스런 사람들이 말뚝이를 잡고 탈을 벗기고 밀어 내려 한다.

말뚝이	마 — 쪼매 내 말 좀 듣소! 느그들 행색 보니 다 나 같은 천한 처진데 어데 주인 행세하노? 내도 느그들만큼 춤도 추고 소리도 한다.
신재효	그래 자네는 무슨 연고로 진주 땅을 버리고 이곳 전라도까지 왔단 말인가?
말뚝이	마 사연을 말할라치몬 기가 콱 막히고 서럽십니더. 지난 몇 해 흉년으로 살아갈 길 막연할 제 수세를 내라. 무녀세를 내라. 수월세 백일 세 임해연세 용담세 무명잡세까지 거두어들이고 궁방 관아 아전들이 가렴주구 남징침학이 날로 혹심하여 군민들이 진주 목사에게 몰려가 호소했다가 붙들려 경을 치고 감영에 갇혔다가 옥을 부수고 도망쳐 뿔뿔이 고향을 등지게 됐심더.
신재효	진주에서 백건을 쓰고 죽창을 들고 달려들었다는 사람들이 바로 당신들이었구만.
말뚝이	마 그렇습니더.
신재효	저쪽에 가 기다리게.
말뚝이	(감복하여) 고맙심더.

말뚝이 들어간다.

| 초란이 | 다음! |

예, 소리와 함께 총각 차림의 채선이 나온다.

신재효	어디서 온 누구냐.
진채선	무장 출생 나이는 18세 언남이라 하는구면요.
신재효	무슨 소리든 한 자락 불러 봐라.
진채선	예 춘향가 중에 옥중가를 부르겠습니다.

소리를 끝내고 인사.

신재효	네 목소리는 여자임이 분명한데 무슨 연유로 몸을 감추느냐?
진채선	… 지리산 홍 처사가 이 옷을 주시면서 선생님 찾아가면 소리를 배울 수 있다 하여 찾아왔사옵니다.
신재효	판소리 부르는 여자 광대를 보았느냐?
진채선	보지 못하였사옵니다.
신재효	그런데 어찌 여자 몸으로 광대를 꿈꾸느냐?
진채선	남정네 차림으로 소리하면 되지 않겠사옵니까?
신재효	남장 여광대라!
진채선	(창) 이 몸 비록 여자이나 한 세상에 태어나서 남녀 할 일 따로 있소. 여자라도 저 할 나름 좋은 소리로 함께 울고 함께 웃고 더불어 사는 것이 소원이니 가르침을 주옵소서.
초란이	(추임새를 하며) 잘 한다 제법이네 싹수가 있어 응.
신재효	오늘은 이쯤 하겠다. 저 사람들 중에 묵을 사람은 행랑채에 묵게 하고 돌아갈 사람에게는 쌀과 잡곡을 나누어 주되 아무것이나 쓸모없는 물건이라도 받아 놓고 내주어라.
초란이	또 허접데기를 받으라고요?
신재효	그리 않고 곡식 주면 나는 은혜 베푸는 사람인 양 뽐내는 셈

이 되고 받는 사람 또한 부끄러우니 떳떳하게 가지고 갈 수 있도록 해주어라. 이 아이는 찬모 방에 머물게 해라.

채선이 안채 쪽으로 들어간다.

초란이   자 여러분 이 집에 묵을 사람들은 행랑채로 가 짐을 풀고 돌아갈 사람들은
(창) 떨어진 짚신 누더기 걸레 뭉치 기저귀 발싸개 검불 나무껍질 깨진 질그릇 사금파리 아무것이나 이름을 써서 가져와서 곡식하고 바꾸어 가소─.

왼쪽으로 휑하니 나간다.

다섯째 거리

마루.

수수한 여복으로 차려 입은 진채선

부채 들고 소리하고

초란이는 북장단을 치며 추임새한다.

심청가 중 심봉사가 중에게 공양미 삼백 석을 권선문에 적으라

한 다음 신세 자탄하는 대목을 부른다.

신재효 잠깐 멈추거라. 그 사설은 뉘한테 배웠느냐?

진채선 아버지 하시는 소리 듣고 고대로 외웠습니다.

신재효 방금 부른 대목의 이면을 생각해 봐라.

심봉사가 눈 뜰 욕심에 중에게 공양미 삼백 석을

불전에 바치겠다 약정해 놓고 후회자탄 하는 것은

심봉사를 미친 영감탱이로 만드는 것이요.

청이가 남경장사 선인들에게 팔려 감은 그 뒷감당이 아니겠

느냐.

하늘이 낸 효녀 심청이라면 어찌 불러야 그 효심이 잘 살겠

느냐.

소리나 아니리를 짜되 이면에 깊은 뜻을 새겨듣는 이의 심

금을 울리게 해야 하는 법이여….

초란이 말씀 듣고 보니 그렇네요. (채선에게) 소리 이면을 알고 해야

지 이면을 이 맹추야.

신재효 촐랑대지 말고 자네는 이만 나가 봐.

초란이	일고수 이명창인데 소리를 들으실 양이면 고수가 있어야지 라우.
신재효	오늘 학습은 이만큼 하자꾸나.
초란이	예 나갑니다요 나두요. 이런 계집아이 젖비린내 나는 소리에 북치기가 체면에 민망하구만이라우. 흥. (발딱 일어나 나간다)
신재효	네가 부르는 소리가 아비에게 귀동냥으로 배운 소리라고? 아비가 뉜지 물어 보자. 사연이 있지 싶다….
진채선	(사이) 제 집은 대대로 당골 집안이지요 아버지는 고인이셨습니다.
	소리꾼 되는 것이 소원인데 어느 해 몹시 앓고 목을 잃으셨대요.
	굿바라지 우리 아버지 무업은 당대에서 끝을 맺자시며 제 이름을 기안에 올렸지요.
신재효	기생이 되었더란 말이냐.
진채선	소리가 좋았어요. 기생 노릇 싫었어요. 쑥대머리 옥중가를 불렀어요.
	심청가 부친 생각하는 대목이 좋았어요.
	기생이 소리한다 벌을 준다기에 도망칠 마음을 먹었는데 수청 들면 면죄 하마 하는 차에 겁이 나서 그만 줄행랑을 놓았지요.
신재효	어찌 잡히지 않고 살아 다녔는고?
진채선	산속으로 산속으로 비바람 피할 만한 석굴 만나면
	어정 육자배기 홍타령 어미한테 배운 소리
	교방청서 배운 시조 가사 가곡
	울다가 웃다가 생각나는 대로 울부짖었지요.

부르다가 춤도 추고 부르면서 발림하고
광대 흉내 벼라별 미친 짓을 다 했지요.

부인 김씨 나온다.
진채선 엉거주춤 일어서서 인사한다.

부 인   영감! (채선을 보며) 내보내도 되겠소. 드릴 말씀 있습니다.
신재효   나가 보아라.

진채선 게걸음으로 나간다.

신재효   밤늦게 어쩐 일이시오?
부 인   사랑채 영감님 방 지척에 있는데도 근자에 영감 모습 뵈올
길이 없어 잠시 뵈러 나왔습니다. 나이 젊은 여자로 노년 가
장 모시옵기 그른 일도 많겠으나 오늘 이 말씀은 필히 드리
고자 하옵니다.
(창) 큰 살림 많은 손님 감당키 어려웁고
집 안에 광대 창우 보살피기 어렵지만
차차로 정이 들고 자식 자라 재미 붙일 제
계집아이 불문곡직 들이시고
주야로 소리교습 일 삼으시니
신 호장 사랑채에 기생 첩을 들였다고
원근 사람 수근실쭉 이대로 지내다가
패가망신 심려되오. 부디 제가(齊家)에 마음쓰옵소서.
신재효   여보 부인 염려 마시오.
(창) 이 몸이 박복하여 두 부인 잃고

어진 임자 맞은 마당에 어찌 여색을 탐하리오.

아름다운 꽃을 보고 추하다 할 바 없고

꾀꼬리 노랫소리 역겹다 할 이 어디 있소.

인명은 존귀한 것 보배 중에 보배라오.

찾은 사람 멀리하고 주린 사람 박대하면

누대앙화 입는다오.

부 인 가장님의 넓은 뜻을 모를 바 아니오나 미천한 천기 아해 그
토록 거두시다 가장 체통 집안 면목 떨어질까 걱정이오.

신재효 세상 일 바로 볼 줄 알고 내 할 일 내가 아니 부인은 염려
마오.

사람은 날 때부터 정해진 귀천이 따로 없소.

장상댁에 태어나서 귀공자녀 되는 것과 천인 몸에 태어나서
천덕꾼이 되는 것은

모두 다 사람의 짓 하늘 뜻이 아니라오.

부인 심정 어찌 모르겠소 조금만 참으시오.

저 아이 바로 길러 내보내면 구만 리 창공 속을 훨훨 날 터
인데

손이 길어 붙잡겠소 날개 있어 따르겠소.

부인 저어함도 당연하나 과한 근심 마음병 얻으면 큰일이오
안심하구려.

부 인 넉넉한 장부 마음 그럼직도 하오마는 여인의 마음씀은 그렇
지가 않소이다.

적막한 북창 앞에 반딧불 지나가고 적적한 넓은 뜰에 풀벌
레 울음 울 제

귀에 쟁쟁 들려오는 애원성 귀곡성 가는 목 구르는 목 잦은
사설 북가락

차마 어찌 들으리까.

정히 영감께서 그 아일 소리 광대 만드실 양이면 짝을 지우
면 안 되겠소?

짝지우고 가르치면 안 되겠소?

신재효 시집을 보내자는 말씀이오.

부 인 이 집안 광대들 중 홀아비 노총각이 적지 아니한데

짝 지워 살림을 내어 주면 의지 되어 좋고 남들 보기 좋고

두루 좋지 않으리까.

신재효 한창 소리 공부 정신 쏟는 애가 그 말을 듣겠소?

부 인 선생 말씀은 거역하진 못할 것입니다.

신재효 혼인이란 인륜지대사 다 저 낳을 부모가 있을 텐데.

부모도 모르고 부모 뜻도 모르는데 우리 마음대로

아무와 혼인을 치룬단 말이오 안 될 말이오.

부 인 어느 고관대작 자제에게 시집보내실 테요?

정히 못 하시면 이 집에서 내치든가 저라도 나서 짝을 지우
던가 다른 도리는 없습니다.

부인 무대 밖으로 나간다. 신재효 시를 읊는다.

신재효 이 인생 가련함이 미물만도 못하도다.

내 마음 현황하여 갈 곳이 아득하다.

곳곳마다 뵈는 물색이 어이 그리 심난하고

울밑에 피는 황록 담 안에 섰는 오동

마음 편케 볼 양이면 경개 좋다 하련마는

도처 수심 우울하니 도리어 수색 핀다.

초란이 나온다.

초란이   사람이 한 세상 살다 보면 별별 일을 다 겪게 되는가 봅니다.
잘됐다 싶은 일이 화가 되기도 하고 안 됐다 싶은 일이 오히
려 잘된 일이 되기도 하는가 봅니다. 인생은 새옹지마 산토
끼 잡으려다 호랑이 잡는 수도 있고 돼지우리에서 진주를
캐는 수도 있다니까요.
잘살고 못살기는 관 뚜껑 덮인 뒤에야 알 노릇.

여섯째 거리

초란이와 진채선.

심청가 중 뺑덕어멈 대목을 익살스럽게 나누어 부른다.

심봉사 역은 초란이 뺑덕어멈 역은 채선이가 부른다.

초란이는 입장단 손장단 무릎장단 치며 촐랑거린다.

초란이   자네 혼자 부르는 판소리 말고 나하고 둘이 부르는 쌍(雙)
　　　　판소리하면 어떤가.

진채선   쌍판소리라니 쌍스러워 못 쓰겠소.

초란이   안 되겠어? 쌍스러워? 그럼 짝궁판소리.

진채선   뒷채 방엔 언제쯤 들를 거예요?
　　　　제 색시를 혼자 두고 사랑채에서만 자는 법도 있어요?

초란이   이 나이가 되도록 혼자 자 버릇해서… 아니지.
　　　　이갈기 코골기 오두방정 발목 털기 한겨울에 부채질
　　　　잠버릇이 여간이라 하룻밤도 못 견디고 도자망자를 칠 걸.

진채선   속맘을 털어 내놔 봐요.

초란이   바보 온달 얘기 아나?
　　　　평강공주 시집가서 어찌 살았게?
　　　　(사이)
　　　　바보 온달 자식 있단 말 들어 봤어?
　　　　(사이)
　　　　온달이는 눈먼 어미 방에서만 잤다네.
　　　　(사이)

그만둬. 그런 얘기 하느니 구들장 신세나 지어야겠당께.

진채선   언제까지 이럴 셈이에요.

(사이)

안마님이 정해 주신 배필 거기가 내 임자예요.

초란이   임자? (사이) 얘기 하나 들어 보겠나.

언제든가 하룻밤 과객이 이 집 주인 양반께 물건을 맡겼거든.

파지에 둘둘 말아 끈으로 묶은 손바닥만 한 물건이야

신 호장 무엇이든 보지도 않은 채 궤에 넣어 두셨거든.

과객이 다시 들러 그 종이뭉칠 찾드랑께.

그래 신 호장 궤에 든 물건을 꺼내 주니

원 별 것 아닌 것을 궤에까지 넣었냐고 감탄을 해.

신 공 왈 소중하고 안 하고는 주인만이 알 노릇

주인 아닌 사람이야 알 턱이 있소? 알 필요도 없고

과객이 종이 뭉치를 끌르더란 말이야.

게서 뭐가 나온 줄 알아? 출도가 나왔어.

진채선   출도가 나와요?

초란이   암행어사 출도야 출도 마패가 나오더란 말야.

진채선   암행어사더란 말이요? 그래서요?

초란이   그래서… 그래서 넙죽 하셨지.

진채선   그리구선?

초란이   그리구선 쌍방아를 찧었지 몰라뵀노라고.

진채선   그리구선?

초란이   그리구선 고만이지 이 집 주인 그런 어른인겨.

그러니까 자네는 여명창이 될 때까지 나한테 맡겨 놓은 마패 같은 물건이여.

안마님이 주신 배필이 아니라 주인어른이 맡긴 귀한 물건이란 말야 알아들어.

(사이)

자네 선생이 어떤 분인지는 아나?

(사이)

그 족보를 말씀하면

(가락) 관약방 하시던 신관흡 씨 늙도록 자식 없어 근심 차에 정읍초산 월조봉에 지성 드려 얻은 아들

재기가 뛰어나고 효성이 지극하여 이웃에 칭찬이요 양친에 자랑이라.

살림은 넉넉지 못했으나 경서 백가 통독하고 성정이 온후하고 도량 있고 인정 깊어 수신제가 철저하고 재물 또한 잘 다루니 만석꾼 부럽지 않네. 향리 말직 도필이 아전 호장 지내다가

헌 신짝 버리듯 물러 앉아 재주 있는 창우 광대들을 거두어 먹여 주고 교도하고

삼남에서 신 호장 모르면 조선 사람 아니다 이 말이여.

단 하나 처복이 없어 부인 둘을 사별하고 셋째 부인 얻으셨지.

진채선   (골똘히 생각에 잠겼다가) 난 아무래도 세상에 나오지 말았어야 할 것이었나 봐요.

초란이   누구는 나오고 싶어 나왔담. 좋다 남은 찌꺼기가 뭉쳐서 나오고 만 거지.

진채선   우리 부모 왜 날 낳았나.

요다지도 못나게 왜 나를 만드셨나.

어머니는 무당 해라.

아버지는 관기 되라.

나는 소리광대 되고 싶어

어째 생각 각각일까.

초란이 세상에 나온 바에야 되는 대로 살아가는 것이여. (한 곳을 가리키며) 저 대나무를 보아.

호리호리 비실비실 비바람에 이리저리 흔들려도

바람 잠잠하면 꼿꼿하게 제 모습을 찾는 거여.

진채선 이리 흔들 저리 흔들 사는 것이 사람 사는 것인감요.

초란이 초랭이는 바람에 흔들려도 결국 초랭이 나로 되돌아와.

초랭이로 한 세상 살기 쉽고도 어려운 거 아남.

진채선 쉬우면 쉬운 거고 어려우면 어렵지 그런 말이 어딨담.

초란이 바람 치는 대로 흔들려 주기가 그리 간단한 줄 아남. (제 몸으로 흔들) 대나무 속은 비었지만 그 껍질이 얼매나 질기도 굳은데

해도 부러지지 않는 것은 순리를 따르기 때문이야.

소리 공부할 양이면 이 정도는 알아야지.

진채선 그리 잘 알면 어째 명창 안 되셨소.

초란이 순리만 알고 분수 모르면 과붓집 수캐 꼴인 게야.

나는 초랭이로 살다가 초랭이로 죽을라네.

진채선 원과 한을 소리로 풀고 멋으로 흥 돋우며 살려오.

세상사람 신명나게 열심으로 사는 세상 안 올까요.

초란이 좋지 좋아 지 몸 먼저 제 안에서 신명을 일으켜 보드라고.

(장단 치며)

내리소사 내리소사 신바람을 내리소사

불리소사 불리소사 신바람을 불리소사.

신재효 들어온다.

초란이와 진채선은 어색하다.

신재효   신접 재미가 어떠하냐.

초란이   고소하구나 깨방아 찐덕찐덕 찰떡방아 올시다요.

신재효   그래.

진채선   무어라 여쭈올지….

신재효   간밤 꿈자리가 뒤숭숭하니 자네는 문 단속 잘하고.
            아기 너는 순창 김명창께 백 일 공부 떠날 채비를 하거라.

진채선   분부대로 하오리다.

초란이   에헤 어헤 나하에야 잘 왔구나 잘 왔네그려 신 선생 댁에 잘
            왔네그려.
            독수공권 모은 재산 안타깝기 하련마는 주린 사람 나눠 주
            고 병든 사람 약을 주고 서러운 사람 달래 주네.
            에헤 에헤 나하에야 도량 있고 인정 깊어 한량 중에 멋 알기
            는 고창 신 선생이 날개로다 에헤 에헤 나하에야.

덩실거리고 춤을 추며 나간다.
진채선, 신재효에게 인사하고 나간다.

신재효   (꿈꾸듯이) 너른 마루 붉은 부채 손에 쥐고 단판일성 노해하면
            황금 갑주 날랜 장수 청총마에 높이 앉아 벽력같이 고함치듯
            청천의 학이 높이 떠서 아련히 길게 우듯
            유막의 꾀꼬리가 아리따이 울어 대듯
            가는 목 굵은 목이 보슬비에 큰 비 섞듯
            가고 오고 묘한 걸음 앉고 서는 고운 태도
            비 갠 뒤에 모란화가 미풍에 흔들리듯….

일곱째 거리

굴속

채선 홀로 앉아 소리한다.

폭포수 쏟아지는 소리

병색 완연한 초췌한 모습

베개만한 나무토막 북채로 두드리며

춘향가 중 옥방에서 이 도령과 상봉하는 대목 부른다.

부은 목 신열 때문에 소리가 제대로 나오지 않는다.

되풀이 소리 찾으려 하나

점점 잠기는 목

북채를 쥔 채 엎어지고 만다.

천둥소리

무녀의 어정 소리와 굿가락.

진채선 아버지… 스승님… 나를 죽여 내치거든….

채선이 기침하다 핏덩이를 쏟는다.

진채선의 환상.

울긋불긋 갓 쓰고 남색 쾌자 입은 화려한 복장의 화랭이.

진채선 아부지….

화랭이 나쁜 피를 토해라. 그래야 소리를 얻는다 소리를 내.

채선 죽을힘을 다하지만 소리가 나오지 않는다.

화랭이 소리가 오장육부 흔들고 소리를 세상 밖으로 내보내지 못하
면 참소리가 아니야.

그 목으로는 참소리를 얻지 못해.

진채선 죽기 작정하고 소리 얻을 테요.

화랭이 낙락장송 보아라. (가까이 있는 땅을 가리키며) 풀잎 보고 골
짜기 흐르는 물을 들여다봐.

살아 숨쉰다 소리의 이치야 밤낮 봄여름가을겨울 삶과 죽음
에서 배워.

진채선 모르겠어요. 무슨 말씀인지 모르겠어요.

신재효 소리의 길을 찾아라.

소리의 맥을 찾아.

소리 가락에 몸을 실어 순풍에 돛단배마냥 목을 풀어 주어
야 해.

풍파를 이겨라. 돛을 내리고 타를 힘껏 쥐어라.

폭포를 뚫어라. 소리로서 범을 잡아.

소리로서 귀신을 달래라. 소리로 몸을 식히고 소리로 네 몸
의 땀을 씻어 내.

기를 모아라. 숨을 아껴라. 사설의 이면을 생각해.

음양을 왕래하고 오행을 두루 다스려라.

북가락을 뛰어넘어라. 북가락에 끌려 다니지 말고 북가락을
달고 뛰어

소리를 하늘에서 구하고 당에서 찾아라. 삼라만상이 소리
니라.

진채선 네 어머니… 네 선생님… 네 상제님….

정신 가다듬고 같은 대목 반복한다.

신재효   채선아….

여덟 거리

신재효의 집 사랑채.

신재효와 부인 주안상을 놓고 담소한다.

소리꾼들 제각각 소리하는 소리 멀리 들린다.

신재효 부인 외적 쳐들어와 나라 위급하면 무엇으로 나라를 구할
수 있겠소.

부 인 병기 들고 싸워야겠지요.

신재효 각처에 이양선이 출몰하고 중국 연경 서양인에게 빼앗기는
마당에 왕실 위엄 과시한다. 경복궁 중건으로 백성 원성 높
아 가고 화적떼가 들끓소.

민심 흉흉한 틈에 서양 종교 퍼져 가고 왜국 청국 호시탐탐
나라 안을 기웃거리는 판국에 이 내가 무얼 하리오. 할 수
있는 일이 무엇이오.

천대받고 굶주린 가엾은 사람들 위로하는 일 말고 무엇이
있겠소.

부 인 나리 심중 모르는 바 아니나 사내 하는 소리광대 계집아이
시키는 것하고 무슨 상관 있습니까.

신재효 최초의 여명창을 만들어 볼 셈이오.

부 인 한갓 당골집 기생 아이를 명창이라뇨. 나리 체면이 있지
요.

신재효 당골 핏줄 아니 타고 명창이 될 수 있소?

허다한 당골네들 어정소리 들어 보면 그 무엇이 있어

게다가 그애 아비 당골 집안 화랭이였을 게야.

무장 유명하던 진 서방이 맞지 싶네.

명인 명창 참 광대는 백 년 천 년 핏줄 타고나는 게야.

부 인 화랭이 딸 명창 만드시려 하다니요.

멀리서 개 짖는 소리.

신재효 화랭이 그렇게 업신여길 일 아니네.

오늘 판소리 빛 보는 게 천 년 소리 이은 화랭이 공력이야.

조선 성악의 뿌리를 오늘에 이은 소리 법통이란 말이지.

세상이 바뀌어 양반도 농사짓고 궁반이 화적 되고

상인이 돈으로 양반 사는데 판소리라 해서 남자만 하란 법

있겠나.

부 인 나리 말씀대로라면 머리 대신 수염 꼬아 상투 튼다 하시겠

소.

신재효 상투 없이 살아도 되는 세상 곧 올 게야.

부 인 경복궁 낙성연에 어느 광대 보내실지 정하셨습니까?

개 짖는 소리 가까이.

신재효 (사이) 그 아이를 보내면 어떨까.

부 인 아니 농을 하십니까. 전국 각처 명창 모임에

화랭이 딸 보내시면 대원이 대감 노하십니다.

나리님을 우스이 여기는 것이 될 것이오 나리.

화적 두 사람

이마에 흰 수건 동여매고

칼 창 무장하고

들이닥친다.

한 화적, 승복 입은 화랭이다.

부인은 겁이 나서 사시나무 떨듯하다.

부 인　(기절할 듯) 영감 영감 이 무슨 앙화라요?

신재효　(태연하게) 부인 안심하시오. 별일 없을 게요. 진정하시오!
　　　　덱들은 뉘시오?

화랭이　산에서 왔다.

신재효　담 넘어 든 걸 보니 떳떳한 이 아니외다.

화랭이　뭐야.

신재효　떳떳하면 주야장창 큰 문 열고 호령으로 주인 찾지 않았겠
　　　　소. (부인을 진정시키려는 듯) 부인 안 그렇소?

화랭이　(창) 세상이 밤과 낮 구별 없고
　　　　뒷문 앞문 뒤범벅되었으니
　　　　밤을 타서 담을 넘나
　　　　대낮에 주인 찾나 매한가지 아니냐.
　　　　위로 종사를 보호하고 아래로 백성을 편안케 하고자
　　　　우리가 내려왔다.
　　　　적이라 해도 무기에 피 묻힘 없이 이기는 게 으뜸이오.
　　　　부득이한 싸움에도 인명 상케 아니하고 항복한 자 대접하고
　　　　곤궁한 자 구제하며 불충한 자 벌하고 불응한 자 효수할 참
　　　　돈 오백 냥을 순순히 내놓아라.

신재효　(창) 동서남북 땅 아닌 곳 없을진대
　　　　내 몸 어찌 이 땅에 생겨났고

고왕금래 많은 날 있을진대

이 몸 어찌 이때를 만났는고

사나이로 생겨 날 제 장상댁에 못 났으니

활을 쏘아 평통할까. 글 잘 쓰니 과거할까.

하늘에 소리쳐 묻고파도

하늘은 입 다물고 말이 없구나.

화랭이   어서!

신재효   이런 수단에는 응하기 싫소.

화랭이, 칼 끌을 신재효 목에 댄다.

부 인   오백 냥 있는 대로 다 드릴게 목숨만은… 제발.

신재효   행동에 명분과 정의가 있어도 남의 재물 앗아감은 도둑의
         행실이오.

화랭이   묶어라 산으로 끌고 갈 수밖에.

부 인   나리 준다고 하세요. 하나밖에 없는 목숨이 중하지 재물 따
         위가 다 뭐예요.

신재효의 손과 몸을 묶는다.

멀리서 들려오는 소리.

피 토할 듯 절규하는

애절한 판소리 춘향가 쑥대머리 대목.

진채선   쑥대머리 귀신 형용 적막 옥방 혼자 앉아 생각하니 임뿐이
         다.

         보고지고 보고지고 우리 낭군 보고지고 오리정 이별 후에

일자 서 없었으니 부모공양 글공부에 겨를 없어 그러한가.

당황하는 화적들.
신재효 짐작이 간 듯.

신재효   이것들 보시오. 줄을 풀어 주시오.
　　　　　병중에 있는 아이가 돌아오는 모양이오. 살려야 하오.
화랭이   소리 공부 떠났다는 그 아이요?
신재효   댁이 그 아이를 어찌 아시오?

입가에 피 흘리는 귀신 형상.
소리하며 들어서는 진채선.
놀라는 사람들.

진채선   (제정신이 아닌 듯) 여인 신혼 금슬우지 나를 잊고 그러한가.
　　　　　계궁항아 추월같이 번뜩 돋아 비치고저
　　　　　막왕막내 막혔으니 앵무새를 어찌 보며
　　　　　전전반측 잠 못 드니 호접몽을 꿀 수 있나.
　　　　　손가락에 피를 내어 내 사정을 편지할까.
　　　　　간장의 썩은 눈물로 임의 화상 그려 볼까.

겨우겨우 걸어오며 소리하다 쓰러진다.
엉겁결에 신재효를 풀어 주는 화랭이.
화랭이 채선을 안타까운 듯 안쓰러운 듯 본다.

신재효   정신 차려라 게 (큰소리로) 아무도 없느냐 애기야 정신 차려.

(부둥켜안는다)

화랭이 사람 들이지 못한다.

신재효 사람부터 살립시다.

화랭이 (사이) 서툰 짓 하면 가만두지 않겠다.

밖에 우리 동지들이 지키고 있음을 알아야 혀.

초란이와 여러 재인들 쏟아져 나온다.

칼 든 화적 보고 질겁한다.

초란이 채선을 보자 달려든다.

화적 칼을 들이댄다.

초란이 어이쿠야 도적이야 산도적.

신재효 쉬 조용히 해라. 저분들은 도적이 아니다.

이 아기 따끈한 방으로 데려가 눕혀라 어서.

초란이 달려가 채선을 업고 나간다.

어리벙벙한 재인들.

어리벙벙한 화적들.

신재효 (허리춤에서 열쇠를 꺼내 부인에게 준다) 오백 냥을 꺼내 오시오.

말뚝이 못 합니다 안 됩니다.

신재효 어서요.

부인 사색이 된 채 쓰러질 듯 나간다.

말뚝이	(튀어나오며) 조선 천지 털 집 없어 이 댁에 들어온단 말이냐. 아무리 불한당놈들이라지만 당최 내 이놈들을.
신재효	멈추어라. 내 집 털러 온 것 아니고 나를 시험하러 오신 게다.
	허락하면 말뚝이도 산채로 따라가는 게 좋겠다.
말뚝이	안 갑니다 못 가요. 반년이나 여기 살아 이 집 식구 다 된 몸을 화적패나 되라니요.
신재효	내 이르는 대로 해. 가끔가끔 찾아오면 어디서나 제 하기 나름인 게야.
	서둘러 채비를 해.

말뚝이 무릎 꿇고 앉았다가 벌떡 일어나 나간다.

화랭이	아이에게 분탕을 먹이시오.
신재효	분탕이라니.
화랭이	동리 선생께서 분탕 모를 리가 있겠소. 인분 썩힌 물 말이오. 그 외에는 약이 없고 그러고도 목이 안 터지면 그만이구요.
신재효	뉘시오.
화랭이	이런 처지 아니라면 신 호장께 소리 학습 받았을지도 모르지.
	저 아이를 보낸 것이 바로 나요.
신재효	댁이 혹시 진 서방이 아니오.
화랭이	지리산 처사요.

초란이 돈보따리 들고 와 화적을 흘겨보며 신재효 앞에 둔다.

신재효   이분께 인사드리게.

초란이 못마땅한 듯 인사 없이 돈보따리만 옮긴다.
화랭이 보따리를 집는다.

신재효   어서.
초란이   방초란이요.
화랭이   지리산 홍 처사요.
         편안히 계시오. 골고루 나누어 쓰겠소. 가자!

화랭이 나간다.

초란이   화적놈하고 통성명이라니? 나 원 참 나리께서 노망이 드신
         걸까….

아홉째 거리

초란이 세상일 쉬운 것이 하나도 없습니다.

소리 광대 된다는 게 이처럼 어려운 일인지 이제 아셨지요?

무엇이든 1등 하기란 어렵지요.

오죽하면 하늘에 별따기라 하겠어요?

지는 1등 안 할랍니다. 꼴찌만 아니면 되는 거예요. 안 그래요?

각설하고, 호사다마란 말 아시죠?

좋은 일에 심술인지 도깨비장난인지 묘하게

정시 끝에 쌈질 나고 영광 끝에 패가망신 성공 끝에 허망이라.

세상사 이별을 잘 봐야 합니다. 일면 이면 하는 이면이 아니라

겉만 보지 말고 안을 보라 앞만 보지 말고 뒤를 보라 이 말이오.

오늘 뒤에 어제가 있고 오늘 다음에 내일 온다.

그 내일이 어떤 내일인지는 우리네 골통으로는 예측 불허랑께.

신재효 들어와 누마루에 앉는다.

까마귀 소리.

초란이 먼 길 가려는데 웬 까마귀가 울어 대는고?

신재효	이즈음 꿈자리가 번번이 뒤숭숭해 길조심 해야 하네.
초란이	호장 나리 여광대 궐에 보내도 괜찮을까요 어째 저는….
신재효	이름이란 거래하는 것이 아니야. 주는 것도 받는 것도 사는 것도 파는 것도 아닌 게야. 이름값이란 갖지도 못하고 대물림하는 것도 아닌 것. 내 것이라 무덤까지 갖고 들어갈 수도 없는 것 아닌가.
	자네 처가 소리만 잘할 수 있다면 더 바랄 것이 없네.
초란이	잘만 한다면 세상이 놀랄 것은 틀림없지만 어디….
신재효	그리 돼야지.

진채선 채비 차리고 나온다.

신재효	고생이 많았다. 고생으로 공력 쌓은 것이 오늘을 위해서다. 알겠느냐.
진채선	감당할 수 있을지 황송할 따름입니다.
신재효	떠나면 못 들을 소리 한 자락 들어 보자.
초란이	그래야지. (북을 잡는다)
진채선	(사이) 선생님 지으신 광대가를 불러 보겠습니다.
	광대라 하는 것이 인세간에 희로애락 충효절개 형제우애 신의선악 생사이별 일장춘몽 부귀영화를 소리로서 자아내고 재대로서 나타내가 수백 관중 앞에 놓고 갈고 닦은 그 재조를 욕심 차게 엮어 가기 어렵고 또 어렵다.
	(중모리) 광대라 하는 것이 제일은 인물치레 둘째는 사설치레 그직차 득음이오 그직차 너름새라.
	(세마치) 너름새라 하는 것은 귀성 있고 맵시 있고
	경각에 천태만상 위선위귀 천변만화

좌상의 풍류호걸 구경하는 남녀노소
울게 하고 웃게 하기 어찌 아니 어려우며
득음이라 하는 것은 오 음을 분별하고
육 율을 변화하여 오장에서 나는 소리
농락하여 자아낼 제 그도 또한 어렵구나.
(중중모리) 사설이라 하는 것은 정금미옥 좋은 말로
분명하고 완연하게 색색이 금상첨화
칠보단장 미부인이 병풍 뒤에 나서는 듯
사오야 밝은 달이 구름 밖에 나오는 듯
새눈 뜨고 웃게 하기 대단히 어렵구나.
인물은 천생이라 변통할 수 없거니와
원원한 이 속판이 소리하는 법례로다.
(진양모리) 영산초장 다슬음이 은은한 청계수가
얼음 밑에 흐르는 듯 끄을러 내는 목이
순풍에 배 노는 듯 차차로 돌리는 목
봉전노회 기이하다.
(엇모리) 돋우워 올리는 목 만장복이 솟구는 듯
툭툭 굴러 내리는 목 폭포수가 쏟치는 듯
장단고저 변화무쌍 이리 농락 저리 농락
아니리 짜는 말은 아리따운 제비말과
공교로운 앵무소리 중모리 중허리며
허성이며 진양조를 달아 두고 놓아두고
걸리다가 들치다가 청청하게 도는 목은
단산에 봉의 울음 청원하게 뜨는 목은
청천에 학의 울음 애원성 흐르는 목
황영의 비파소리 무수히 농락변화

(자진모리) 불시에 튀는 목은 벽력이 부딪는 듯

음아질타 호령소리 태산이 흔들리듯

어느덧 변화하여

(중모리) 낙목한천 찬바람이

소실케 부는 소리 좌상이 실색하고

구경꾼이 낙루하니 이러한 광대 노릇

그 아니 어려우랴.

초란이　명 사설이요 절창이로다.

신재효　언제 어디서 소리를 하건 소리 전에 반드시 되새겨야 한다.

진채선　명심하겠습니다.

신재효　하나 궁금한 걸 물어 보자.

진채선　무슨 말씀이옵니까.

신재효　네가 오던 날 밤 말이다.

진채선　백 일을 다 못 채우고 돌아온 일백 번 죽어 마땅한 줄 알고 있습니다.

신재효　그런 말이 아니다. 그 몸으로 어찌 소리를 하면서 그 먼 길을 왔냐 말이다.

진채선　(다소 안심하고)

(창) 침식을 거르면서 주야로 소리만 하다가 목이 붓고 배도 붓고 신열이 심히 올라 반죽음 되었을 때 한 꿈을 꾸었지요. 나는 듯 어느 결에 물 건너 바다에 뜬 산 위에 올라갔사옵니다. 살펴보니 구슬 덮인 산이요 푸른 광채 번쩍 빛나 눈부시어 볼 수 없고 무지갯빛 구름 위엔 오채가 영롱하고 잔잔히 흐르는 물소리 옥을 굴리는 것 같더이다. 아리따운 두 선녀 따라 올라가니 기화요초 만발하고 좌우에 난 새 학 두루미 공작새가 춤을 추고 숲에서는 온갖 향내음 풍겨 왔지요. 산

봉우리 올라서니 때마침 바다에서 붉은 해가 불끈 솟고 파도는 순식간에 무지갯빛 물들고 큰 호수에 푸른 연꽃 활짝 피어 나를 반겨 주었지요.

상제께 절을 하니 상제께서 이르시길 너는 선계에 인연 있어 이곳까지 온 것이니 소리 한 마당 불러 보거라 하셨습니다. 거절할 길이 없어 옥중가를 불렀더니 상제 노하시어 하는 말이 네 것이 없다. 아비 소리 도둑질하고 스승의 풍류와 사랑을 앗았구나. 모두 다 돌려 주거라. 네 것 찾아 다시 와라. 조각 붉은 구름으로 나를 내려 치어이다. 놀라 깨어 보니 스승님 앞이었습니다.

신재효   (감탄하여) 이태백이 꿈에 천로산에 올라 놀았다더니 너도 꿈에 천상을 보았구나. 하늘이 주신 직분이다.

진채선   과분한 말씀입니다.

신재효   네가 지금 가는 것은 경복궁 낙성 축가를 부르러 가는 게야. 왜란으로 소실되어 300년을 폐허이던 경복궁을 백성들 힘과 슬기로 옛 모습 살린 게야. 그 자리에는 조선 각처의 명인 명창이 다 모이게 되어 있다.
대원군께서는 풍류를 좋아하셔서 광대를 아끼시니 좋은 소리를 불러 보아라.

진채선   두렵습니다.

신재효   한양 올라가 광대 되려면 이름이 번듯해야 하느니라.
내 너의 이름을 지어 주마.
(창) 너의 명성 빛을 내라.
보도 듣도 못한 보배 산같이 쌓였는데
대모함에 담은 단청 오색이 영롱하다
현란하고 황홀하니 채색채자 분명하고

진누추야 밝은 달에 봉을 타고 옥소 불며
낙포에 놀다 가고 군상에 술 빚으니
신선 선자 채선이 그 아니랴.
채색으로 옷을 하고 신선 되어 소리 하니
아름다운 이름 뜻이 생각사록 더욱 좋다.

초란이　좋다 채선 진채선.

진채선　제 분수에 너무 과하옵니다.

고함소리 "죄인 신재효는 오라를 받아라."
포졸과 나졸 밀려들어온다.
부인과 재인들, 놀라 뛰어나온다.
부인, 졸도한다.

일 동　안마님. (부축한다)

열 번째 거리

옥방.

머리 흐트러지고 초췌한 신재효.

서성거리다 앉는다.

옥사령이 오라에 묶인 화랭이, 말뚝이, 끌고 나온다.

옥사령   멈추지 말고 걸어.

화랭이   여보시오 잠깐만 만나 볼 사람이 있소.

옥사령   이놈아 옥지기를 때려죽이고 부자 양반 재물을 도적질한 놈
    이 죽으러 가는데 누굴 만나.

화랭이   죄 없는 동리 선생 내 탓에 고생이라니 말 좀 나눕시다.
    부탁이오. 내 술 한 잔 낼 테니까.

옥사령   술은 톡톡히 내야 한다. 저승길 가는 처지 후일이 없을 테니
    눈 딱 감고 들어 주마.
    짧게 마쳐!

화랭이, 신재효 앞으로 간다.

둘 한동안 서로 보기만 한다.

화랭이   미안하게 됐구먼요.

신재효   어디로 가시오.

화랭이   황천 건너 북망산 가는 길이오. 행여 나 살리려 빼앗긴 돈
    준 것마냥 대답 마쇼.

내 딸아이는 소리광대 될 상 싶소.

신재효 딸아이라니?

화랭이 한양 경복궁 낙성연에 보낼….

신재효 (퍼뜩 깨우친 듯) 진 서방? 왜 진즉 그 말을 안 했소.

그 아이는 명창이 되고도 남을 목이요.

화랭이 내 목이 부어터지지 않았음 선생을 더 일찍 만나 뵈었을지
도 모르죠.

어찌저찌 하다 목탈이 나서 소리는 작파했고

쫓기는 몸이 되어 산 채 숨어 지내면서 바리지 화랭이 노릇
을 하다가 그만 운수불길 이 처지가 됐구만요.

우리 아기만이라도 밝은 세상에서 살게 되면 원 없고 한이
풀리겠소만….

옥사령 (술잔이나 먹은 듯 들어서며) 웬 사연이 이리 길어. 가자 이놈
아.

말뚝이 기왕 멈췄다 가는 거 춤이나 한번 추고 가면 안 되는교?

옥사령 춤? (어이 없어) 죽으러 가는 놈이 춤을 춘다고?

말뚝이 상여 나갈 때 희광이 춤도 있고 살 맞으면 살무리 춤.

그런 거 있잖은교? 안 그래요 화랭이 양반.

화랭이 우리가 본색이 재인 광대요… 죽으러 가도 우리네답게 가야
지라우.

한번 놀고 갑시다.

옥사령 북 · 장고 · 징 · 꽹과리 · 피리 · 젓대 · 해금 · 제금 · 삼현육
을 잡아 주랴?

네놈들이 제정신이 아니구먼.

화랭이 이 처지에 구색 갖추어 놀음 놀까 입장단 구음으로 놀자꾸나.
자 장단 내라.

각자 입으로 악기 소리를 낸다.

화랭이 오라에 묶인 채 목 어깨사위 발사위를 구르며 춤을 춘다.

말뚝이도 놀기 시작.

신재효, 눈시울 붉히며 옥창을 손으로 쳐 장단을 맞춰 준다.

옥사령이 어이없다는 듯 빈정거리듯 추임새를 넣어 준다.

춤과 구음 소리 흐드러지며 판이 처절하면서도 길게 흐른다.

소 리   (안에서) 옥방이 왜 이리 시끄럽다냐. 뉘집 굿판 벌였냐 난장 텄냐.

옥사령   (어울려 놀다가) 이거 나까지 미쳤네. 자 그만큼 놀았으면 됐다.

어서 해 저물기 전에 전주감에 당도해야 한다 가자.

화랭이 일행과 옥사령 나간다.

연이어 곡소리 같은 구음이 이어진다.

신재효 북받쳐 오르는 감회를 누르려는 듯 옥방을 서성인다.

소복한 채선과 초란이 들어온다.

진채선   선생님.

신재효   아직 안 떠나고 예가 어디라고.

소견이 좁아도 그렇게 모르느냐. 왜 아직 떠나질 않았느냐.

진채선, 움직이지 않는다.

초란이   안마님께서 돌아가셨습니다. (사이) 어르신은 이리 되시고 이 일을 어쩝니까요.

진채선	소리를 못 해도 명창이 못 돼도 좋아요. 한양엔 못 갑니다. 불쌍하신 안마님 고마우신 우리 마님. (운다)
신재효	(사이) 인명은 재천인 걸 (사이) 떠날 사람은 뒤돌아보는 법이 아니다.
	지난 일 잊을수록 새 삶이 다가오고 정 끊어야 꿈을 이룬다. 떠나거라. 네 아비의 소리를 찾아야지.
	네가 그 소리를 찾아 품안에 들고 네 가슴속에서 어루만져 세상 밖으로 내보내야 한다. 자유롭게 놀음을 놀 수 있도록 풀어내야 한다.
	그것이 딸의 도리요. 네 아비 화랭이 진 서방의 바램이다.
	네 아비 소리는 네 몸 속에 네 귀 속에 네 가슴속에 살아 있다.
진채선	굳이 한양까지 가서 부르지 않겠습니다.
신재효	아비 대신 부르거라. 네 아비의 한을 풀어 주어라.
	네 아비는 가고 없어도 그 재주와 목구성은 살아 있어.
	어서 떠나거라. 기일 넘기면 만사 허사가 될 것이야. (초란에게) 어서 자네 각시 데리고 한양으로 올라가! 어서!

멀리서 구성진 상여 소리 같은 소리 들린다.

초란이	못 갑니다요 안 가요. 불쌍하게 돌아가신 안마님. 상여는 누가 모신다요?
	그 상여 상두 소리는 내가 불러야 되지라우.
	어허 너 어어허 넘차 어리가리 넘차 오호애. (눈물짓는다)
신재효	(화를 내듯) 자네 소리 안 해도 상두 소리 낼 사람 상두꾼 얼마든지 있으니 이르는 대로 어서 떠나거라. (채선에게) 어서

갓 쓰고 도포 입고 떠나라. (외면한다)

진채선 천천히 신재효에게 절 올린다.
합창 뒤에서 흐르는 동안 진채선과 초란이 한양으로 떠난다.

합 창 초초연연 푸르러도 가신 님은 오지 않네.
 이별 생각하면 부유 같은 우리 인생 주야장창 논다 한들
 모두 다 놀고 갈까 놀고 놀고 놀아 보세 얼씨구나 절씨구
 해당화 붉다 하고 꽃 보고 웃지 마소.
 조화 용의 힘을 빌어 한 동산에 홍홍백백
 산은 천 년 산이요 강물은 만 년 수라네.
 놀고 놀고 놀아 보세 얼씨구나 절씨구.

초란이 이때에 진채선은 동리 선생 작별하고 한양 땅에 닿았구나.
 광화문을 들어서니 넓고 넓은 옛 궁터에 각처 사람 다 모여
 서 궁궐을 지어 가는데 근정전 사정전 천추전 수정전 위엄
 있고 웅장하다.
 교태진 후원 깊숙한 곳에 층단으로 가꾸어 논 아미산 남면
 에 괴석과 석연지 해시계 오죽 매화 홍도 모란 옥잠화 철쭉
 이 사이사이 심어 있고 주황색 벽돌 굴뚝 십장생을 그려 넣
 은 화장암도 아름답다.
 임진년 병화에 불타 버린 경희루도 연목 가운데 48개 석주
 위에 누각을 지었겠다 황폐했던 옛 정궁은 지난날의 악몽
 이라.
 이렇듯이 경복궁 다 지어졌는데 우리 여명창 진채선은 어찌
 되었을까요?

열한 번째 거리

진채선 흥타령을 부른다.
옥사령 나타나며 소리친다.

옥사령 청승 떨지 말고 옷이나 갈아입어라.
국태공 저하께서 친히 국문하실 모양이니 어서 챙겨 입어라.
죄상을 낱낱이 알고 있으니 거짓을 말해서는 안 된다. 알겠
느냐.

옥사령 진채선을 무대 한가운데 꿇어앉힌다.

옥사령 죄인 고창의 진채선 대령이오.
금부도사 죄인 진채선은 무슨 흉계를 품고 궐 안에 들었는고.
진채선 경복궁 낙성 축가 소리 하러 왔소이다.
금부도사 국태공 저하 안전에서 허언을 했다가는 능지처참이야.
어찌 남장으로 궐 안에 들었는고.
진채선 여자는 소리 광대 될 수 없다기에 남장을 하였소.
나라 경사 축하에도 상하귀천 차별 있고 남녀노소 구별 있
소?
폐허 된 정궁을 이백칠십오 년 만에 나라의 기운을 되찾고
자 복원한 것 아니오? 아뢰옵기 황공하나 경희루는 누가 짓
고 근정전은 누가 지었소? 여기 계신 장상 어른 의복들은
누가 지었소?

(창) 석수 목수 토공 미장 수천 역군 슬기 빌어 이 궁궐을 지을 적에 자귀 소리 장단 되고 정소리는 가락이라. 재인들이 소리 주면 역군들이 화답한다.

팔만 장안 백만 가구 복덕방을 골라내어 이 궁터를 잡았으니 북악이 주산이요 종남산이 안산이라. 왕십리 청룡이요 동구재 백호로다.

동작수구 들렀으니 천세만세 억만세지 무궁이라 대활연으로 설설 놀으소서.

일수 석수 다 잡혀라. 김 석수 이 석수라. 정망태 둘러메고 흥인문 썩 내달아 크나큰 광석 바위 모모이 떨어 낼 게 죽돌 댓돌 주춧돌과 구들돌 이맛돌을 어그럭더그럭 실어 들여 간수 잡아 놓은 후에 대활연을 놀으소서.

일수 지우 다 잡혀라. 김지우 이지우라. 도끼 대홉 큰 자귀며 중톱 소톱 작은 자귀

대끌 소끌 대패 변탕 먹통 풀어 줄을 치고 목척으로 측량하여 굽은 나무 겻다듬고 자진나무 곱다듬어 대활연으로 놀으소서.

의복을 지은 이 없어도 의복은 여기 있고 소리 부른 이 가고 없어도 소리는 남는 것. 여기 임금 안 계셔도 화해 같은 은혜 속에 우리 살고 있음이라.

경복궁을 지은 이는 하찮은 천인이나 궁궐은 위엄 있고 아름답기 그지없소.

그 위엄과 아름다움이 어디로야 가겠소.

나라의 경사는 백성들의 경사. 궁궐의 위엄은 백성 맘에 세워져야 참이오.

이 궁궐을 지은 이는 천인이나 그 재주와 소리 속은 천하지

아니하오.

오늘의 잔치는 온 백성이 축하할 잔치 모두 기뻐할 잔치가
아니오.

금부도사　어느 안전이라고 함부로 입을 놀려. 그 사설은 선생이라는
신가가 가르쳤느냐.

아니면 그리저리 농락하라 하더이냐.

진채선　천부당만부당한 말씀이오.

사령이 금부도사에게 귀엣말을 하고 물러난다.

금부도사　죄인 진채선 듣거라.

국태공 저하께서 네 소리를 들어 보고 소릿값이 나가는 대
로 너의 죄를 가감하신다 하니 네가 배운 소리 한 자락 부르
거라.

진채선 가져다 준 부채를 들고 일어서 채비한다.

진채선　(공손히 읍하고) 심청가 중에서 심청이 눈먼 아비 홀로 두고
인당수로 떠나는 대목을 부르겠습니다.

열두 번째 거리

진채선에게만 조명 비친다.

진채선　　**(창)** 구름재 안개 자욱 봄기운이 완연하니
　　　　　　님 계신 정자 곁에 화류두충 잎이 돋고
　　　　　　뜰 안에 벽오동과 무지개문 기화요초
　　　　　　봄빛을 탐을 내어 다투고 웃겠고나.
　　　　　　운현궁 너른 마루 둘러앉은 장안호걸
　　　　　　병풍 앞에 비단자리 은촛불이 밝았는데
　　　　　　붉은 부채 손에 쥐고 사뿐히 썩 나서니
　　　　　　북소리 두리둥떡 소리판을 다스리고
　　　　　　단판일성 노래하니 좌중이 엄숙하고
　　　　　　밤새 소리 뚝 그치고 구성 없어도 흥을 낸다.
　　　　　　화려한 소리판에 그리움만 차올라서
　　　　　　가객의 속마음은 허망하여 눈물진다.
　　　　　　소리는 예 있으나 발길은 님에게만
　　　　　　언제나 훨훨 날아 님의 곁에 닿을거나.

신재효에게 조명 비추며 채선과 합창한다.

진채선·신재효　　**(창)** 스물네 번 바람 불어 만화방창 봄이 되니
　　　　　　　　도화는 곱게 붉고 희도 흴사 외얏꽃
　　　　　　　　향기 쫓는 붉은 꽃이 빛깔 믿고 흰 꽃을 조롱하여

바람결에 반만 웃고 향인하여 자랑하니
요요하고 작작하여 그도 또한 경이로구나.
강산 누대 절승경개 두루 돌아 노닐다가
장안 화류 봄빛 속에 옥비녀로 장단 치고
비단치마 술 엎지르니 얼씨구 좋을씨구.
나나 드나 빈 방 안에 햇빛 가고 밤빛 온다.
일 점 등잔불 안 켜고 고암으로 벗을 삼아
잠 못 들어 근심이오 꿈 못 이뤄 전전한다.
강호 위에 호걸들이 왕래하며 하는 말이
선랑의 고운 얼굴 노래 또한 명창이나
듣던 바의 으뜸이니 못 들으면 한이 되고
그 중에 기묘한 일 쌓인 병이 낫는다는데
이내 몸은 어찌하여 이전 병이 더하고나.

석고상처럼 보이는 진채선과 신재효.
초란이 들어온다.

초란이 굿은 파장인데 왜 나왔냐구요? 뒷풀이라는 것이 있지 않습
니까요?
연극 뒤끝에 어떻게 된 거냐구요? 그 얘길 하러 나온 거라
니까요 시방.
진채선이는 다시 말하면 명색뿐인 제 마누라님은 명창이 되
었지요.
우리나라 최초의 여명창이 됐다지요. 동리 신재효 선생은
어찌 됐냐구요?
대원이 대감의 칙명으로 나라에서 내린 오위장 벼슬을 받았

지요. (은근하게) 제가 진 명창하고 부부지정 운우지락 나누어 봤냐구요?

한양으로 떠나던 날이 영영 이별이었지요. 진채선이는 바람 타고 무지개 건너 구름 속으로 날아갔죠. 저 남녘 땅 진주에서 본 사람이 있다는 얘기가 풍문에 얼핏 들리긴 했지만⋯ 제 갈 길을 찾아갔겠지요.

동리 선생 신 호장 어른께서 오지 말라고 잊으라고 하셨잖아요.

이렇게 해서 우리나라에 여자 소리 광대가 처음으로 생겨났고 그 대를 그 맥을 이어 오고 있습니다그려.

더질 더질⋯.

진채선 · 신재효 · 초란이　얼씨구나 좋을씨구 얼씨구나 좋을씨구.

얼씨구 절씨구 지화자 좋네.

얼씨구나 좋을씨구 광대소리 어렵다만

멋이 있고 신명난다.

우리 소리 사랑하여 대대손손 이어 가세.

얼씨구나 좋을씨구.

■ 작가의 말

　전북 고창읍 하궁리에 통정대부신공재효유애비(通政大夫申公在孝遺愛
碑)란 비석이 있다.

　신재효(申在孝)란 분은 조선왕조말(1812~1884) 판소리 사설을 정리하
고 광대들을 교도하여 수많은 명창들을 배출하는 데 온 생애를 바친 이
로서 우리나라 고유의 음악극인 판소리를 예술적으로 승화시키고 정립
하는 데 큰 역할을 한 사람이다. 이번 국립창극단에서 막을 올리게 되는
〈광대가(廣大歌)〉는 그의 생애를 창극화한 작품이다.

　그가 지은 판소리 사설, 춘향가, 심청가, 흥보가, 적벽가, 토별가, 변
강쇠가는 전래해 오는 광대들의 사설을 정리했다기보다는 극본이라 할
만큼(물론 독연 형식의 극본이지만) 극작이 잘 되어 있으며 특히 그가 지
은 가사들 가운데 광대가는 우리나라 최초의 극작론이며 연출론이며 배
우론이라 할 수 있고, 판소리의 정체를 이해하고 연구하는 데 있어서 가
장 귀중한 자료라 할 수 있다. 광대가 중 일부분을 소개하면

　　광대행세 어렵고 또 어렵다. 광대라 하는 것은 제일은 인물치레, 둘
　째는 사설치레, 그직차 득음이요 그직차 너름새라.
　　너름새(演出法과 演技術)라 하는 것이 구성지고 맵시 있고, 경각에
　천태만상, 위선위귀 천변만화 좌상의 풍류호걸, 구경하는 노소남녀
　울게 하고 웃게 하는 이 구성 이 맵시가 어찌 아니 어려우리.
　　득음(음악의 예술적 경지에 도달하는 것)이라 하는 것은 오음을 분

별하고 육률을 변화하여 오장에서 나는 소리 농락하여 자아낼 제 그도
또한 어렵구나.

사설(戲曲, 臺辭, 話術)이라 하는 것은 정금미옥 좋은 말로.

분명하고 완연하게 색색이 금상첨화 칠보단장 미부인이 병풍 뒤에
나서는 듯 삼오야 밝은 달이 구름 밖에 나오는 듯 새눈 뜨고 웃게 하기
대단히 어렵구나.

인물(藝術家)은 천생이라 변통할 수 없거니와 원원한 이속판이 소
리하는 법례로다.

이 가사는 광대가의 극히 적은 부분에 불과하지만 이렇듯 음악·문
학·연극·이론에 천재적 역량을 발휘하고 있다.

창극 〈광대가〉는 신재효의 말년의 생애를 극화한 것인데, 특히 그의
업적 중 천대받던 많은 재인들을 인간적으로 대우하고, 당시로서는 상
상조차 할 수 없었던 판소리의 여명창(女名唱) 진채선(최초의 女名唱)을
탄생시키는 과정을 그렸으며, 그의 호쾌하고 파격적인 인간상을 부각시
키면서 민족 가무극의 무대예술 양식을 만들어 보려는 것이 의도였다.

극화 작업과정에 어려움이 있었던 것은 실재인물을 소재로 창작을 할
때 당면되는 여러 가지 제약 때문에 많은 곤란을 겪었다는 것을 밝히고
싶다.

'광대'(廣大)란 창우(倡優), 창부(倡夫), 가객(歌客), 삼패, 재인(才人), 당
골, 탈놀이꾼, 초란이패, 꼭두패 등 우리나라에 전래해 온 직업적 연희
자를 포괄적으로 부르는 명칭처럼 알기 쉽지만 실은 이들 가운데서도

예술적 경지에 도달한 사람만을 '광대'라 이름 붙여 주었으며, 그 수준에 따라 대광(大廣), 소광(小廣), 또랑광대 등으로 구분하기도 한 것이니, 앞에 옮겨 놓은 〈광대가〉는 당시의 수준 높은 판소리의 예술 형태론이며, 예술 교육론이며, 또한 판소리 연희의 이상적 실기론이라 할 수 있다. 다만 아쉬움이 있다면, 일고수 이명창(一鼓手二名唱)이라는 말이 전해 내려올 만큼 판소리에서 고수의 기능이 큰 비중을 차지하고 있었던 듯한데 좀 더 구체적인 기술이 있었다면 금상첨화격으로 판소리 예술을 이해하는 데 더더욱 도움이 되지 않았을까 하는 욕심이 생기기도 한다. 어떻든 이 기회를 통해서 '광대'에 관한 올바른 인식과, 정당한 가치 부여의 계기가 되었으면 하는 생각이 든다.

이제 막을 올리면서 한 가지 마음이 무거워지는 것은 창작·창극의 작, 연출이란 막중한 임무를 감당하기에는 자신이 여러 면에 너무 미약하다는 생각이 들고, 또 한편 동리(桐里) 신재효 선생의 위대한 업적이나 그의 훌륭한 인간상에 흠이 가게 하지나 않을까 하는 두려움이 생긴다.